HANS FALLADA

Lüttenweihnachten

HANS FALLADA

Lütten-weihnachten

ERZÄHLUNGEN

Reclam

RECLAMS UNIVERSAL-BIBLIOTHEK Nr. 14728
2025 Philipp Reclam jun. Verlag GmbH,
Siemensstraße 32, 71254 Ditzingen
info@reclam.de
Umschlaggestaltung: Philipp Reclam jun. Verlag GmbH
Umschlagabbildung: © Keith Corrigan / Alamy Stock Foto
Druck und Bindung: Elanders Waiblingen GmbH,
Anton-Schmidt-Straße 15, 71332 Waiblingen
Printed in Germany 2025
RECLAM, UNIVERSAL-BIBLIOTHEK und
RECLAMS UNIVERSAL-BIBLIOTHEK sind eingetragene Marken
der Philipp Reclam jun. GmbH & Co. KG, Stuttgart
ISBN 978-3-15-014728-3
reclam.de

Lüttenweihnachten

»Tüchtig neblig heute«, sagte am 20. Dezember der Bauer Gierke ziellos über den Frühstückstisch hin. Es war eigentlich eine ziemlich sinnlose Bemerkung, jeder wusste auch so, dass Nebel war, denn der Leuchtturm von Arkona heulte schon die ganze Nacht mit seinem Nebelhorn wie ein Gespenst, das das Ängsten kriegt.

Wenn der Vater die Bemerkung trotzdem machte, so konnte sie nur eines bedeuten. »Neblig –?«, fragte gedehnt sein dreizehnjähriger Sohn Friedrich.

»Verlauf dich bloß nicht auf deinem Schulwege«, sagte Gierke und lachte.

Und nun wusste Friedrich genug, und auf seinem Zimmer steckte er schnell die Schulbücher aus dem Ranzen in die Kommode, lief in den Stellmacherschuppen und »borgte« sich eine kleine Axt und eine Handsäge. Dabei überlegte er: Den Franz von Gäbels nehm ich nicht mit, der kriegt Angst vor dem Rotvoss. Aber Schöns Alwert und Frieda Benthin. Also los!

Wenn es für die Menschen Weihnachten gibt, so

muss es das Fest auch für die Tiere geben. Wenn für uns ein Baum brennt, warum nicht für Pferde und Kühe, die doch das ganze Jahr unsere Gefährten sind? In Baumgarten jedenfalls feiern die Kinder vor dem Weihnachtsfest Lüttenweihnachten für die Tiere, und dass es ein verbotenes Fest ist, von dem der Lehrer Beckmann nichts wissen darf, erhöht seinen Reiz. Nun hat der Lehrer Beckmann nicht nur körperlich einen Buckel, sondern er kann auch sehr bösartig werden, wenn seine Schüler etwas tun, was sie nicht sollen. Darum ist Vaters Wink mit dem nebligen Tag eine Sicherheit, dass das Schulschwänzen heute jedenfalls von ihm nicht allzu tragisch genommen wird.

Schule aber muss geschwänzt werden, denn wo bekommt man einen Weihnachtsbaum her? Den muss man aus dem Staatsforst an der See oben stehlen, das gehört zu Lüttenweihnachten. Und weil man beim Stehlen erwischt werden kann und weil der Förster Rotvoss ein schlimmer Mann ist, darum muss der Tag neblig sein, sonst ist es zu gefährlich. Wie Rotvoss wirklich heißt, das wissen die Kinder nicht, aber er ist der Förster und hat einen fuchsroten Vollbart, darum heißt er Rotvoss.

Von ihm reden sie, als sie alle drei etwas aufgeregt

über die Feldraine der See entgegenlaufen. Schöns Alwert weiß von einem Knecht, den hat Rotvoss an einen Baum gebunden und so lange mit der gestohlenen Fichte geschlagen, bis keine Nadeln mehr daran saßen. Und Frieda weiß bestimmt, dass er zwei Mädchen einen ganzen Tag lang im Holzschauer eingesperrt hat, erst als Heiligenabend vorbei war, ließ er sie wieder laufen. – Sicher ist, sie gehen zu einem großen Abenteuer, und dass der Nebel so dick ist, dass man keine drei Meter weit sehen kann, macht alles noch viel geheimnisvoller. Zuerst ist es ja sehr einfach: Die Raine auf der Baumgartener Feldmark kennen sie – das ist Rothspracks Winterweizen, und dies ist die Lehmkuhle, aus der Müller Timm sein Vieh sommers tränkt.

Aber sie laufen weiter, immer weiter, sieben Kilometer sind es gut bis an die See, und nun fragt es sich, ob sie sich auch nicht verlaufen im Nebel. Da ist nun dieser Leuchtturm von Arkona, er heult mit seiner Sirene, dass es ein Grausen ist, aber es ist so seltsam, genau kriegt man nicht weg, von wo er heult. Manchmal bleiben sie stehen und lauschen. Sie beraten lange, und wie sie weitergehen, fassen sie sich an den Händen, die Frieda in der Mitte. Das Land ist so seltsam still, wenn sie dicht an einer Weide vorbeikommen, verliert sie sich nach oben ganz in Rauch. Es tropft sachte von ihren Ästen, tausend Tropfen sitzen überall, nein, die See kann man noch nicht hören. Vielleicht ist sie ganz glatt, man weiß es nicht, heute ist Windstille.

Plötzlich bellt ein Hund in der Nähe, sie stehen still, und als sie dann zehn Schritte weitergehen, stoßen sie an eine Scheunenwand. Wo sie hingeraten sind, machen sie aus, als sie um die Ecke spähen. Das ist Nagels Hof, sie erkennen ihn an den bunten Glaskugeln im Garten.

Sie sind zu weit rechts, sie laufen direkt auf den Leuchtturm zu, und dahin dürfen sie nicht, da ist kein Wald, da ist nur die steile, kahle Kreideküste. Sie stehen noch eine Weile vor dem Haus, auf dem Hof klappert einer mit Eimern, und ein Knecht pfeift im Stall: Es ist so heimlich! Kein Mensch kann sie sehen, das große Haus vor ihnen ist ja nur wie ein Schattenriss.

Sie laufen weiter, immer nach links, denn nun müssen sie auch vermeiden, zum alten Schulhaus zu kommen – das wäre so schlimm! Das alte Schulhaus ist gar kein Schulhaus mehr, was soll hier in der Gegend ein Schulhaus, wo keine Menschen leben – nur die paar weit verstreuten Höfe ... Das Schulhaus besteht nur aus runtergebrannten Grundmauern, längst verwachsen, verfallen, aber im Sommer blüht hier herrlicher Flieder. Nur, dass ihn keiner pflückt. Denn dies ist ein böser Platz, der letzte Schullehrer hat das Haus abgebrannt und sich aufgehängt. Friedrich Gierke will es nicht wahrhaben, sein Vater hat gesagt, das ist Quatsch, ein Altenteilhaus ist es mal gewesen. Und es ist gar nicht abgebrannt, sondern es hat leer gestanden, bis es verfiel. Darüber geraten die Kinder in großen Streit.

Ja, und das nächste, dem sie nun begegnen, ist gerade dies alte Haus. Mitten in ihrer Streiterei laufen sie gerade darauf zu! Ein Wunder ist es in diesem Nebel. Die Jungen können's nicht lassen, drinnen ein bisschen zu stöbern, sie suchen etwas Verbranntes. Frieda steht abseits auf dem Feldrain und lockt mit ihrer hellen Stimme. Ganz nah, wie schräg über ihnen, heult der Turm, es ist so schlimm anzuhören. Es setzt so langsam ein und schwillt und schwillt, und man denkt, der Ton kann gar nicht mehr voller werden, aber er nimmt immer mehr zu, bis das Herz sich ängstigt und der Atem nicht mehr will: »Man darf nicht so hinhören …«

Jetzt sind es höchstens noch zwanzig Minuten bis zum Wald. Alwert weiß sogar, was sie hier finden: erst einen Streifen hoher Kiefern, dann Fichten, große und kleine, eine ganze Wildnis, gerade, was sie brauchen, und dann kommen die Dünen und dann die See. Ja, nun beraten sie, während sie über einen Sturzacker wandern: erst der Baum oder erst die See? Klüger ist es, erst an die See, denn wenn sie mit dem Baum länger umherlaufen, kann sie Rotvoss doch erwischen, trotz des Nebels. Sind sie ohne Baum, kann er ihnen nichts sagen, obwohl er zu fragen fertigbringt, was Friedrich in seinem Ranzen hat. Also erst See, dann Baum.

Plötzlich sind sie im Wald. Erst dachten sie, es sei nur ein Grasstreifen hinter dem Sturzacker, und dann waren sie schon zwischen den Bäumen, und die standen enger und enger. Richtung? Ja, nun hört man *doch* das Meer, es donnert nicht gerade, aber gestern ist Wind gewesen, es wird eine starke Dünung sein, auf die sie zulaufen.

Und nun seht, das ist nun doch der richtige Baum, den sie brauchen, eine Fichte, eben gewachsen, unten breit, ein Ast wie der andere, jedes Ende gesund – und oben so schlank, eine Spitze so hell, in diesem Jahre getrieben. Kein Gedanke, diesen Baum stehenzulassen, so einen finden sie nie wieder. Ach, sie sägen ihn ruchlos ab, sie bekommen ein schönes Lüttenweihnachten, das herrlichste im Dorf, und Posten stellen sie auch nicht aus. Warum soll Rotvoss grade hierherkommen?

Der Waldstreifen ist über zwanzig Kilometer lang. Sie binden die Äste schön an den Stamm, und dann essen sie ihr Brot, und dann laden sie den Baum auf, und dann laufen sie weiter zum Meer.

Zum Meer muss man doch, wenn man ein Küstenmensch ist, selbst mit solchem Baum. Anderes Meer haben sie näher am Hof, aber das sind nur Bodden und Wieks. Dies hier ist richtiges Außenmeer, hier kommen die Wellen von weit her, von Finnland oder von Schweden oder auch von Dänemark. Richtige Wellen …

Also, sie laufen aus dem Wald über die Dünen.

Und nun stehen sie still.

Nein, das ist nicht mehr die Brandung allein, das ist ein seltsamer Laut, ein wehklagendes Schreien, ein endloses Flehen, tausendstimmig. Was ist es? Sie stehen und lauschen.

»Jung, Manning, das sind Gespenster!«

»Das sind die Ertrunkenen, die man nicht begraben hat.«

»Kommt, schnell nach Haus!«

Und darüber heult die Nebelsirene.

Seht, es sind kleine Menschentiere, Bauernkinder, voll von Spuk und Aberglauben, zu Haus wird noch besprochen, da wird gehext und blau gefärbt. Aber sie sind kleine Menschen, sie laden ihren Baum wieder auf und waten doch durch den Dünensand dem klagenden Geschrei entgegen, bis sie auf der letzten Höhe stehen, und –

Und was sie sehen, ist ein Stück Strand, ein Stück Meer. Hier über dem Wasser weht es ein wenig, der Nebel zieht in Fetzen, schließt sich, öffnet den Ausblick. Und sie sehen die Wellen, grüngrau, wie sie umstürzen, weiß schäumend draußen auf der äußersten Sandbank, näher tobend, brausend. Und sie sehen den Strand, mit Blöcken besät, und dazwischen lebt es, dazwischen schreit es, dazwischen watschelt es in Scharen …

»Die Wildgänse!«, sagen die Kinder. »Die Wildgänse –!«

Sie haben nur davon gehört, sie haben es noch nie gesehen, aber nun sehen sie es. Das sind die Gänsescharen, die zum offenen Wasser ziehen, die hier an der Küste Station machen, eine Nacht oder drei, um dann weiterzuziehen, nach Polen oder wer weiß wohin, Vater weiß es auch nicht. Da sind sie, die großen, wilden Vögel, und sie schreien, und das Meer ist da und der Wind und der Nebel, und der Leuchtturm von Arkona heult, und die Kinder stehen da mit ihrem gemausten

Tannenbaum und starren und lauschen und trinken es in sich ein –

Und plötzlich sehen sie noch etwas, und magisch verführt, gehen sie dem Wunder näher. Abseits, zwischen den hohen Steinblöcken, da steht ein Baum, eine Fichte wie die ihre, nur viel, viel höher, und sie ist besteckt mit Lichtern, und die Lichter flackern im leichten Windzug …

»Lüttenweihnachten«, flüstern die Kinder. »Lüttenweihnachten für die Wildgänse …«

Immer näher kommen sie, leise gehen sie, auf den Zehen – oh, dieses Wunder! –, und um den Felsblock biegen sie. Da ist der Baum vor ihnen in all seiner Pracht, und neben ihm steht ein Mann, die Büchse über der Schulter, ein roter Vollbart …

»Ihr Schweinekerls!«, sagt der Förster, als er die drei mit der Fichte sieht.

Und dann schweigt er. Und auch die Kinder sagen nichts. Sie stehen und starren. Es sind kleine Bauerngesichter, sommersprossig, selbst jetzt im Winter, mit derben Nasen und einem festen Kinn, es sind Augen, die was in sich reinsehen. Immerhin, denkt der Förster, haben sie mich auch erwischt beim Lüttenweihnachten. Und der Pastor sagt, es sind Heidentücken. Aber was soll man denn machen, wenn die Gänse so schreien und der Nebel so dick ist, und die Welt so eng und so weit und Weihnachten vor der Tür ... Was soll man da machen ...

Man soll einen Vertrag machen auf ewiges Stillschweigen, und die Kinder wissen ja nun, dass der gefürchtete Rotvoss nicht so schlimm ist, wie sich die Leute erzählen ...

Ja, da stehen sie nun: ein Mann, zwei Jungen, ein Mädel. Die Kerzen flackern am Baum, und ab und zu geht auch eine aus. Die Gänse schreien, und das Meer braust und rauscht. Die Sirene heult. Da stehen sie, es ist eine Art Versöhnungsfest, sogar auf die Tiere erstreckt, es ist Lüttenweihnachten. Man kann es feiern, wo man will, am Strande auch, und die Kinder werden es nachher in ihres Vaters Stall noch einmal feiern.

Und schließlich kann man hingehen und danach handeln. Die Kinder sind imstande und bringen es fertig, die Tiere nicht unnötig zu quälen und ein bisschen nett zu ihnen zu sein. Zuzutrauen ist ihnen das.

Das Ganze aber heißt Lüttenweihnachten und ist ein verbotenes Fest, der Lehrer Beckmann wird es ihnen morgen schon zeigen!

Der gestohlene Weihnachtsbaum

Ein wesentlicher Unterschied zwischen Kindern und Erwachsenen ist der, dass die Großen ungefähr wissen, was sie vom Leben zu erwarten haben, die Kinder aber erhoffen noch das Unmögliche. Und manchmal behalten sie damit sogar recht.

Seit Mitte Dezember der erste Schnee gefallen war, dachte Herr Rogge wieder an den Weihnachtsbaum und die alljährlich wiederkehrenden endlosen Schwierigkeiten, bis er ihn haben würde. Die Kinder aber nahmen allmorgendlich ihre kleinen Schlitten und zogen in den Wald, den Weihnachtsmann zu treffen. Natürlich war es einfach lächerlich, dass es in diesem Lande mit Wald über Wald keine Weihnachtsbäume geben sollte. Überall standen sie, sie wuchsen einem gewissermaßen in Haus, Hof und Garten, aber sie gehörten nicht Herrn Rogge, sondern der Forstverwaltung. Der alte Förster Kniebusch aber, mit dem Herr Rogge sich übrigens verzankt hatte, verkaufte schon längst keine Baumscheine mehr.

»Wozu denn?«, fragte er. »Es kauft ja doch keiner einen. Und wenn sie sich ihren Baum lieber ›so‹ besorgen, habe ich doch den Spaß, sie zu erwischen, und ein Taler Strafe für einen Baum, den ich ihnen aus den Händen und mir ins Haus trage, freut mich mehr als sechs Fünfziger für sechs Baumscheine.«

So würde also Herr Rogge sich entweder den Baum »so« besorgen müssen – was er nicht tat, denn erstens stahl er nicht, und zweitens gönnte er Kniebusch nicht die Freude –, oder er würde achtzehn Kilometer in die Kreisstadt auf den Weihnachtsmarkt fahren müssen zur Besorgung eines Baumes, der ihm vor der Nase wuchs – und das tat er erst recht nicht, und den Spaß gönnte er Kniebuschen erst recht nicht. Blieb also nur die unmögliche Hoffnung auf den Weihnachtsmann und seine Wunder, die die Kinder hatten.

Gleich hinter dem Dorf ging es bergab, einen Hohlweg hinunter, in den Wald hinein. Manchmal kamen die Kinder hier nicht weiter, über dem schönen sausenden Gleiten vergaßen sie den Weihnachtsmann und liefen immer wieder bergan. Heute aber sprach Thomas zum Schwesterchen: »Nein, es sind nur noch drei Tage bis Weihnachten, und du weißt, Vater hat noch keinen

Baum. Wir wollen sehen, dass wir den Weihnachtsmann treffen.«

So ließen sie das Schlitteln und traten in den Wald. Was der Thomas aber nicht einmal dem Schwesterchen erzählte, war, dass er Vaters Taschenmesser in der Joppe hatte. Mit sieben Jahren werden die Kinder schon groß und fangen an, nach Art der Großen ihren Hoffnungen eine handfeste Unterlage zu verschaffen. –

Der alte Kakeldütt war das, was man früher ein »Subjekt« nannte, wahrscheinlich weil er so oft das Objekt behördlicher Fürsorge war. Aus dem mickrigen Leib wuchs ihm ein dürrer, faltiger, langer Hals, auf dem ein vertrocknetes Häuptlein wie ein Vogelkopf nickte. Wenn der Herr Landjäger sagte: »Na, Kakeldütt, denn komm mal wieder mit! Du wirst ja wohl auch allmählich alt, dass du vor den sehenden Augen von Frau Pastern ihre beste Leghenne unter deine Jacke steckst«, dann krächzte Kakeldütt schauerlich und klagte beweglich: »Ein armer Mensch soll es wohl nie zu was bringen, was? Die Pastern hat 'ne Picke auf mich, wie? Und Sie haben auch 'ne Picke auf mich, Herr Landjäger, wie? Natürlich in allen Ehren und ohne Beamtenbeleidigung, was?« Und bei jedem Wie und Was ruckte er heftig mit dem Häuptlein, als sei er ein alter Vogel und wolle hacken. Aber er wollte nicht hacken, er ging ganz folgsam und auch gar nicht unzufrieden mit.

Wir aber als Erzähler denken, wir haben unsere Truppen nun gut in Stellung gebracht und die Schlacht gehörig vorbereitet: Hier den alten Förster Kniebusch, der gern Tannenbaumdiebe fängt. Dort den Vater Rogge, in Verlegenheit um einen Baum. Ziemlich versteckt das anrüchige Subjekt Kakeldütt mit großer Findigkeit für fragwürdigen Broterwerb und als leichte Truppen, die das Gefecht eröffnen, Thomas mit dem Schwesterchen, ziemlich gläubig noch, aber immerhin mit einem nicht einwandfrei erworbenen Messer in der Tasche. Im Hintergrund aber die irdische Gerechtigkeit in Gestalt des Landjägers und die himmlische, vertreten durch den Weihnachtsmann.

Alle an ihren Plätzen? Also los!

Das Erste, was man durch den dick mit Schnee gepolsterten, stillen Wald hört, ist: ritze-ratze, ritze-ratze … Kakeldütt, erfahrener auf dunklen Pfaden als der siebenjährige Thomas, weiß, dass ein Tannenbaum sich schlecht mit einem Messer, gut mit einer Säge von den angestammten Wurzeln lösen lässt.

Herr Rogge, in Zwiespalt mit sich, greift nach Pelzkappe und Handstock: Hat man keinen Tannenbaum, kann man sich doch welche im Walde beschauen. Kniebusch stopft seine Pfeife mit Förstertabak, ruft den Plischi und geht gegen Jagen elf zu, wo die Forstarbeiter Buchen schlagen. Die Kinder haben unter einem Ginsterbusch im Schnee ein Hasenlager gefunden, hinten ist es zart gelblich gefärbt.

»Osterhas Piesch gemacht!«, jauchzt Schwesterchen.

Die alte gichtige Brommen aber hat schon zwanzig Pfennig für den Kakeldütt, der ihr weißwohlwas besorgen soll, bereitgelegt. Ritze-ratze ... Ritze-ratze ...

Förster Kniebusch – die akustischen Verhältnisse in einem Walde sind unübersichtlich –, Förster Kniebusch ruft leise den Hund und windet. »I du schwarzes Hasenklein! War das nun drüben oder hinten –? Warte, warte ...«

Ritze-ratze ...

Thomas und das Schwesterchen horchen auch. Schnarcht der Weihnachtsmann wie Vater –? Hat er Zeit, jetzt zu schnarchen –?! Friert er nicht –? Erfriert er gar – und ade der bunte Tisch unter der lichterleuchtenden Tanne?!

Ritze-ratze ...

Herr Rogge hat die Fußspuren seiner Kinder gefunden und vergnügt sich damit, ihre Spuren im Schnee nachzutreten, mal Schwesterchens, mal Brüderchens. Auch er findet das Hasenlager, auch er spitzt die Ohren. Thomas wird doch keine Dummheiten machen?, denkt er. Ich hätte doch in die Stadt fahren sollen.

»Ach nee, ach nee«, stöhnt ganz verdattert Kakeldütt, wackelt mit dem Vogelkopf und starrt auf die Kinder. »Wer seid denn ihr? Ihr seid wohl Rogges –?«

»Das ist der Weihnachtsbaum«, sagt Thomas ernst und betrachtet die kleine Tanne, die mit ihren dunklen Nadeln still im Schnee liegt.

»Weihnachtsbaum – Weihnachtsmann«, brabbelt Schwesterchen und sieht den ollen Kakeldütt zweifelnd an. Ist das ein echter Weihnachtsmann? Enttäuschung, Enttäuschung – ins Leben wachsen heißt ärmer werden an Träumen.

»Ich hab 'nen Baumschein vom Förster, du Roggejunge«, verteidigt sich Kakeldütt ganz unnötig.

»Hilfst du mir auch bei unserer Tanne?«, fragt Thomas und greift in die Joppentasche. »Ich hab ein Messer.«

In Kakeldütts Hirn erglimmen Lichter. Rogges haben Geld. Sie zahlen nicht nur zwanzig, sie zahlen fünfzig Pfennig für einen Weihnachtsbaum. Sie zahlen eine Mark, wenn Kakeldütt den Mund hält. »Natürlich, Söhning«, krächzt er und greift wieder zur Säge. »Nehmen wir gleich den –?«

Herr Rogge auf der einen, Förster Kniebusch auf der andern Seite den Tannen enttauchend, sehen nur noch Thomas und Schwesterchen. Keinen Kakeldütt.

»Thomas!«, ruft Herr Rogge drohend.

»Rogge!«, ruft Kniebusch triumphierend.

»Nanu!«, wundert sich Thomas und starrt auf die Äste, die sich noch leise vom weggeschlichenen Kakeldütt bewegen.

Der Sachverhalt aber ist klar: ein abgeschnittener Baum, ein Junge mit einem Messer in der Hand ...

»Ich freue mich, Rogge«, sagt Kniebusch und freut sich ganz unverhohlen. »Stille biste, Plischi!«, kommandiert er dem Hund, der in die Schonung zieht und jault.

»Du glaubst doch nicht etwa, Kniebusch?«, ruft Rogge empört. »Thomas, was hast du getan?! Was machst du mit dem Messer?«

»Deinem Messer, Rogge«, grinst Kniebusch.

»Hier war 'n Mann«, sagt Thomas unerschüttert. »Wo ist der Mann hin?«

»Weihnachtsmann«, kräht Schwesterchen.

Kinder zu erziehen ist nicht leicht – Kinder vorm

Antlitz triumphierender Feinde zu erziehen ist ausgesprochen schwer. »Komm einmal her, Thomas«, sagt Herr Rogge mit aller verhassten väterlichen Autorität. »Was machst du mit meinem Messer? Woher hast du mein Messer?« Er gerät unter dem Blick des andern in Hitze. »Wie kommt die Tanne hierher? Wer hat dir gesagt, du sollst eine Tanne abschneiden?«

»Hier war 'n Mann«, sagt Thomas trotzig im Bewusstsein guten Gewissens. »Vater, wo ist der Mann hin?«

»Weihnachtsmann weg!«, kräht Schwesterchen.

»Sollst du lügen, Tom?«, fragt Herr Rogge zornig. »Ekelhaft ist so was! Komm, sage ich dir …« Und mit aller väterlichen Konsequenz eilt er mit erhobener Hand auf den Sohn zu. Ausgerechnet angesichts von Kniebusch als Waldfrevler erwischt! Nichts mehr scheint eine väterliche Tracht Prügel abwenden zu können.

»Halt mal, Rogge!«, sagt Förster Kniebusch mit erhobener Stimme und zeigt mit dem Finger auf den frischen Baumstumpf. »Das ist gesägt und nicht geschnitten.«

Rogge starrt. »Wo hast du die Säge, Junge?«

»Hier war 'n Mann«, beharrt Thomas.

»Und recht hat der Junge, und du hast unrecht. Rogge«, freut sich der Kniebusch. »Da die Spuren – das sind nicht deine und nicht meine. – Und du hast überhaupt meistens und immer unrecht, Rogge. Damals, als wir uns verzürnt haben, hattest du auch unrecht. Fische können nicht hören! Du bist rechthaberisch, Rogge, und was war hier für ein Mann, Junge?«

»Ein Mann.«

»Und wenn ich dieses Mal unrecht hab, aber ich hab's nicht, denn wozu hat er das Messer? – Damals hatte ich doch recht. Und Fische können sehr wohl hören ...«

»Unsinn – in den Kuscheln muss er noch stecken, Rogge! Los, Plischi, such, du guter Hund! Los, Rogge, den Kerl zu fassen soll mir zehn Weihnachtsbäume wert sein. Los, Junge, fass deine Schwester an, wenn du ihn siehst, schreist du!«

Und los geht die Jagd, immer durch die Tannen, wo sie am dicksten stehen.

»Weihnachtsmann!«, ruft Schwesterchen. Die Tannennadeln stechen, und der Schnee stäubt von den Zweigen in den Nacken.

»Also lassen wir es«, sagt nach einer Viertelstunde Förster Kniebusch missmutig. »Weg ist er. Wie in den Boden versunken. – Du kannst doch die Tanne brauchen, fünfzig Pfennig zahlst du, und so hat das Forstamt wenigstens was von dem Gejachter.«

Aber wo ist die Tanne? Dies ist der Platz, denn hier steht der Stumpf – aber wo ist die Tanne?

»I du schwarzes Hasenklein!«, sagt Förster Kniebusch verblüfft. »Der ist uns aber über, Rogge! Holt sich noch den Baum, während wir hier auf ihn jagen. Na, warte, Freundchen, wenn ich dir mal wieder begegne! Denn die Katze lässt das Mausen nicht, und einmal treffe ich sie alle … Gib mir das Messer, Junge, damit ihr wenigstens nicht leer nach Hause geht. Ist der dir recht, Rogge? Schneidet sich elend schlecht mit 'nem Messer, das nächste Mal bringst du besser 'ne Säge mit, Junge, weißt du, einen Fuchsschwanz …«

»Kniebusch –!«, schreit Herr Rogge förmlich. Aber auf diesen Streit der beiden brauchen wir uns nicht auch noch einzulassen, er ist schon alt und wird aller Wahrscheinlichkeit nach noch sehr viel älter werden.

Jedenfalls fasste Thomas auf dem Heimwege seine Meinung dahin zusammen: »Ich glaube, es war doch der Weihnachtsmann, Vater. Sonst hätt er doch nicht so verschwinden können, Vater! Wo der Hund mit war.«

»Möglich, möglich, Tom«, bestätigte Herr Rogge.

»Aber, Vater, klauen denn die Weihnachtsmänner Weihnachtsbäume?«

»Ach, Tom –!«, stöhnte Herr Rogge aus tiefstem Herzensgrunde – und war sich gar nicht im Klaren darüber, wie er diesen Wirrwarr in seines Sohnes Herzen entwirren sollte. Aber schließlich war in drei Tagen Weihnachten. Und vor einem strahlenden Tannenbaum und einem bunten Bescherungstisch werden alle Zweifel stumm und alle Kinderherzen gläubig.

Fünfzig Mark
und ein fröhliches
Weihnachtsfest

Wir waren frisch verheiratet, Itzenplitz und ich, und hatten eigentlich gar nichts. Wenn man sehr jung ist, dazu frisch verheiratet und sehr verliebt, macht es noch nicht viel aus, wenn man »eigentlich gar nichts« hat. Gewiss, manchmal kamen so kleine seufzerische Anwandlungen, aber dann war immer einer von uns, der lachend sagte: »Es braucht ja nicht alles auf einmal zu kommen. Wir haben doch alle Zeit, die Gott werden lässt ...« Und die kleine Anwandlung war vorbei.

Aber dann erinnere ich mich doch an ein Gespräch, das zwischen uns im Stadtpark geführt wurde, wo Itzenplitz aufseufzend sagte: »Wenn man doch nicht immer gar so sehr mit dem Pfennig rechnen müsste – !«

Ich hatte keinen rechten Begriff von der Sache. »Na und?«, fragte ich. »Was dann – ?«

»Dann würde ich mir was anschaffen«, sagte Itzenplitz träumerisch.

»Und was denn zum Beispiel?«

Itzenplitz suchte. Sie musste wirklich erst suchen, ehe sie sagte: »Zum Beispiel ein Paar warme Hausschuhe.«

»Ach nee!«, sagte ich ganz verblüfft und war völlig außer Fassung über meines Weibes Elisabeth (wurde Ibeth, wurde Itzenplitz) Sinnen und Trachten. Denn wir führten dies Gespräch im Hochsommer, die Sonne prallte, und was mich anging, so gingen meine Wünsche in diesem Augenblick nicht weiter als zu einer kühlen Brause und einer Zigarette.

Doch müssen als Niederschlag dieses Hochsommergesprächs dann unsere Weihnachtswunschzettel entstanden sein. »Weißt du, Mumm«, hatte Itzenplitz gesagt und energisch ihre lange, spitze Nase gerieben, »wir sollten jetzt schon anfangen, jeden Wunsch, der uns einfällt, aufzuschreiben. Nachher zu Weihnachten geht alles in einer Hatz, und man schenkt sich womöglich etwas ganz Dummes, was man nachher nicht braucht.«

Auf einen Zettel aus meinem Abonnentenwerbeblock schrieben wir also den ersten Weihnachtswunsch: »Ein Paar warme Hausschuhe für Itzenplitz«, und darunter, weil es doch streng gerecht bei uns zugehen sollte, setzte ich nach vielem Stirnrunzeln und

Nachdenken: »Ein gutes Buch für Mumm!« Mumm bin ich. »Fein«, sagte Itzenplitz und fixierte den Wunschzettel so begeistert, als könnten sich aus dem Papier Hausschuhe und Buch stracks loslösen.

Und dann wuchs unser Wunschzettel aus dem Hochsommer in den Spätherbst, in den ersten Schlackerschnee, in die ersten weihnachtlichen Schaufenster, wuchs, wuchs ... »Das macht gar nichts, dass so schrecklich viel darauf steht«, tröstete Itzenplitz. »Dann haben wir die Auswahl. Eigentlich ist es doch mehr eine Streichliste. Kurz vor Weihnachten streichen wir alles, was nicht geht, jetzt haben wir das Wünschen doch noch frei.« Sie dachte nach und sagte: »Wünschen kann ich mir doch, was ich will, nicht wahr, Mumm?«

»Ja«, sagte ich leichtsinnig.

»Schön«, sagte sie, und schon schrieb sie, schon stand da: »Ein bleuseidenes Abendkleid (ganz lang).« Sie sah mich herausfordernd an.

»Na, weißte, Itzenplitz«, bemerkte ich.

»Wünschen ist frei, hast du gesagt.«

»Richtig«, stimmte ich zu und schrieb: »Ein Vierröhrenradioapparat« – dabei sah ich sie herausfordernd an. Und dann gerieten wir in einen heftigen, mit ungeheurem Scharfsinn geführten Streit, was wir nötiger brauchten, Abendkleid oder Radio – und wussten beide ganz genau, dass weder das eine noch das andere in den nächsten fünf Jahren auch nur in Frage kam.

Aber das alles war viel, viel später, vorläufig stehen wir beide noch im sommerlichen Stadtpark und haben unsere ersten beiden Wünsche aufgeschrieben. Ich habe schon ein paarmal Itzenplitz' Nase erwähnt, »Entenschnabel« sage ich manchmal auch dazu. Also mit dieser Nase wittert sie immer herum, und dazu hat sie die raschesten Augen von der Welt. Sie fand immerzu was, und so rief sie auch in diesem Augenblick: »Da ist er ja! Oh, Mumm, da ist unser erster Weihnachtsgroschen!« Und sie stieß ihn mit der Fußspitze an.

»Weihnachtsgroschen?«, fragte ich und hob ihn auf. »Dafür hol ich mir jetzt im Schützenhaus drei Zigaretten.«

»Gibst du ihn her! Der kommt in unsere Weihnachtssparbüchse!«

Lauter neue Dinge. »Hast du denn eine Sparbüchse?«, fragte ich. »Nie so 'n Ding bei dir gesehen!«

»Ich find schon eine, du! Lass mich man suchen.« Und sie sah sich unter den Parkbäumen um, als sollte das Suchen gleich losgehen.

»Wir machen es so«, schlug ich vor. »Wir überschlagen uns, was wir uns zu Weihnachten spendieren wollen, sagen wir mal fünfzig Mark ... Bis Weihnachten gibt's noch sechsmal Geld, und da legen wir uns jedes Mal acht Mark, nein, acht Mark fünfzig zurück. Und jetzt hole ich mir meine Zigaretten.«

»Der Groschen gehört mir! Und überhaupt, so was Dummes und Ausgerechnetes wie deinen Quatsch eben, das ist eine stramme Leistung. Das machen wir ganz anders ...«

»Ach nee –? Wie denn?«

»Wenn wir sonntags vom Ausflug ganz müde sind und möchten mit der Bahn nach Haus fahren, dann nehmen wir die fünfzig Pfennig und latschen zurück, und je schwerer es uns fällt, umso schöner ist es ...«

»Wahrhaftig!«, höhnte ich.

»Und wenn du 'ne Brause möchtest und ich Schokolade, und wenn wir sonntags Rouladen möchten und essen stattdessen saure Linsen – und überhaupt: ein ganz dummer Junge bist du! Und mit dir rede ich drei Tage kein Wort, und auf der Straße gehe ich nun schon überhaupt nicht mit dir ...!«

Und damit ließ sie mich stehen und peste allein los, und ich ging langsam hinterher. Aber als wir nachher in die Stadtstraßen kamen, ging sie auf der einen und ich auf der andern Seite, als hätten wir nichts miteinander zu tun. Und nur wenn so ein richtiger dicker Haufe sonntäglicher Bürger daherkam, wurde ich furchtbar gemein und rief nach der andern Straßenseite hinüber: »Pssst! Frollein! Hören Sie doch mal, Frollein!« Die Bürger machten Stielaugen, und sie kriegte ein rotes Gesicht und warf den Kopf wütend in den Nacken ...

Aber einmal lief sie doch zu mir rüber, da war ihr eingefallen, dass wir ja eine leere Büchsenmilchdose hätten, nur mit den zwei Löchern drin, und da könnte ich doch mit dem Stemmeisen einen Schlitz reinhauen, und wir hätten eine knorke Sparbüchse. Wo es doch sogar Büchsenmilch »Glücksklee« war ...

»Großartig«, höhnte ich. »Wie das Geld wohl aussehen mag, wenn es ein halbes Jahr im Milchschlamm gelegen hat!« Weg war sie, und: »Psst! Frollein!« Sie war richtig auf achtzig.

Aber dann fiel mir was ein, und ich raste zu ihr rüber und schrie: »Hör mal, du, daran haben wir ja gar nicht gedacht, zu Weihnachten gibt's doch fünfzig Mark Gratifikation!« Erst wollte sie mich ja anfunkeln und fing schon an, wer mir Trottel wohl eine Gratifikation geben würde, aber dann überlegten wir den Fall doch ernsthaft und grübelten, ob es in diesem Jahr bei den schlechten Geschäften überhaupt eine Gratifikation geben würde, und vielleicht doch ja, beinahe sicher doch ja, und kamen zu dem Ergebnis: »Wir wollen so tun, als käme keine. Aber herrlich wäre es ...!«

Nun muss ich aber noch berichten, wieso wir eigentlich so mit dem Groschen rechnen mussten und wovon wir eigentlich lebten und was für Aussichten wir eigentlich mit der Gratifikation hatten. Es ist gar nicht so einfach, auseinanderzusetzen, was für eine Art Tätigkeit ich hatte, und ich muss heute selber den Kopf schütteln, und klar ist mir nicht mehr (so kurze Zeit das auch nur her ist), wie ich meine mancherlei Tätigkeiten miteinander vereinigte. Vormittags ab sieben jedenfalls saß ich erst mal auf der Redaktion eines Käseblättchens und machte die Hälfte des lokalen Teils voll, während mir gegenüber Herr Redakteur Preßbold saß und die ganze sonstige Zeitung mit Hilfe von Bildern, Matern, Korrespondenzen, Radio und einer sehr defekten Schreibmaschine füllte. Dafür bekam ich achtzig Mark im Monat, und das war unsere einzige feste Einnahme. War das aber überstanden, dann ging ich los auf Abonnenten- und Inseratenfang, dafür bekam ich Tantieme, eine Reichsmark fünfundzwanzig für jeden Abonnenten und zehn Prozent von jedem Inserat. Dazu hatte ich aber auch das Inkasso einer freiwilligen Krankenkasse (drei Prozent der Beiträge) und die Erhebung der Mitgliedsbeiträge eines Turnvereins (fünf Pfennig pro Mann und Monat). Und um die Sache recht zu krönen, fungierte ich auch noch als Schriftführer des Wirtschafts- und Verkehrsvereins, aber davon hatte ich nur die Ehre und die Spesen und die etwas nebulose Aussicht, dass die Herren mal was für mich tun würden, wenn sich grade mal was fände.

An Tätigkeit fehlte es also nicht, und das Betrübende an der ganzen Geschichte war nur, dass alle Tätigkeiten zusammen kaum so viel einbrachten, um Itzenplitz und mich am Leben zu erhalten – »was anschaffen« war Fremdwort. So manches Mal kam ich vergnittert und trostlos nach Haus, wenn ich den halben Tag umhergelaufen war, an fünfzig Türen geklingelt und keine fünf Groschen verdient hatte. Heut bin ich fest davon überzeugt (wenn sie's auch immer noch nicht wahrhaben will), dass Itzenplitz nur darum so voller aufreizender Einfälle war, um mich in Fahrt und damit auf andere Gedanken zu bringen.

Es muss so im Herbst gewesen sein, nasses Nebelwetter und mieseste Stimmung bei mir, und unsere

Weihnachtssparbüchse hatte noch immer keine rechte feste Form angenommen, dass ich nach Haus kam und Itzenplitz mit einem Küchenmesser in der einen und einem der Länge nach durchgesägten Brikett in der andern Hand vorfand.

»Was in aller Welt machst du da?«, fragte ich erstaunt, denn sie war dabei, mit der Messerspitze dies halbe Brikett auszuhöhlen. Die andere Hälfte lag vor ihr auf dem Tisch.

»Still, Mumm!«, flüsterte sie geheimnisvoll. »Überall sind schlechte Menschen«. Und sie zeigte mit dem Messer nach der nur mit Tapete überklebten Tür, hinter der jener Nachbar hauste, den wir unter uns nur Klaus Störtebeker nannten.

»Also, was ist los?« Und nun erfuhr ich es denn im Verschwörerton, sie hatte das Brikett halbiert und wollte es aushöhlen und einen Schlitz reinmachen und mit Syndetikon wieder zusammenkleben, und das sollte unsere Weihnachtssparbüchse werden, und zwischen die andern Briketts wollte sie's stecken. Und ihre Augen funkelten vor List und Geheimnis, und ihre lange Nase schnüffelte mehr als je ... »Und vollkommen meschugge bist du!«, sagte ich. »Und außerdem, Weihnachten, der Heber hat gesagt, an eine Gratifikation ist dies Jahr überhaupt nicht zu denken, der Chef ist sooo, weil's Geschäft schlechtgeht ...«

»Fein«, sagte sie, »erzähl mir alles schön der Reihe nach, damit ich richtig weiß, wer das Brikett am Weihnachtsabend an den Kopf kriegt.«

Ich habe schon berichtet, unser Redakteur war Herr Preßbold. Das war ein feiner Kerl, schnauzig, polterig, immer dicker werdend, aber zu sagen hatte er nichts, soviel er auch sagte. Zu sagen hatte alles Herr Heber, der die Kasse unter sich hatte und die Bücher führte und das Ohr des Großen Häuptlings besaß. Den Großen Häuptling bekamen wir kleinen Indianer nur alle halbe Jahr mal zu sehen, der karriolte ewig mit seinem Mercedes im Lande umher und hatte hier ein Sägewerk und da 'ne kleine Provinzzeitung und hier ein Zinshaus und da ein Gütchen.

Aber bei uns war seine rechte Hand Herr Heber, ein langschinkiger, dürrer, trockener Zahlenmann, und bei dem hatte ich eine Bohrung angelegt von wegen Weihnachtsgratifikation und fünfzig Mark, aber ich war nicht fündig geworden, im Gegenteil, er hatte sich bei mir erkundigt, ob ich denn schon vom ersten diesjährigen Frost was abbekommen hätte und ob ich 'ne Ahnung hätte, was das hieße, in einem Verlustbetrieb zu arbeiten, und ich sollte froh sein, wenn der Saustall nicht zu Neujahr zugemacht würde.

Und was das Schlimmste war, Preßbold, mit dessen Unterstützung ich fest gerechnet hatte, tutete auf demselben Horn und machte mir noch Vorwürfe wegen meiner Rosinen, ich sollte froh sein, wenn wir nicht abgebaut würden, und den Großen Häuptling bloß nicht reizen. Und während die beiden so auf mich einredeten, dachte ich, dass mir Verlustbetrieb und die Sorgen des Großen Häuptlings ganz piepe seien, und an meinem Auge rauschten die Wunschzettel vorbei, weggeweht wie vom Herbstwind, und es tanzten dahin die warmen Hausschuhe und das Abendkleid und das gute Buch mit der Weihnachtsente.

Ja, richtig, die Weihnachtsente, sie bietet mir Gelegenheit, eine neue Person (nur einmal flüchtig erwähnt) in meinen wahrheitsgetreuen Bericht einzuführen: unsern Nachbar hinter der Tapetentür, genannt Klaus Störtebeker. Wie Störtebeker richtig hieß, das haben wir wohl nie gewusst, er hatte jedenfalls die nördliche, wie wir die südliche Mansarde hatten. Er war ein richtiger schwarzer Mann, eigentlich kann ich ihn nur so zeichnen, dass ich berichte, dass er völlig schwarz wirkte: schwarze struppige Haare, schwarze, wild funkelnde Augen und einen schwarzen strubbligen Bart. In der Stadt und namentlich bei der Polizei war er eine sehr bekannte und gefürchtete Persönlichkeit, weil er ein Säufer und ein Krakeeler war. Nebenbei war er noch Heizer im Städtischen Elektrizitätswerk. Wir wohnten dicht bei dicht: Und wenn er sich im Bett umdrehte, hörten wir das, und so wird er denn von uns ja auch alles gehört haben.

Das mit der Ente jedenfalls hatte er gehört, das war auch eine Weihnachtsdiskussion zwischen uns gewesen. Bei ihr wie bei mir war im elterlichen Haus zu Weihnachten die Gans traditioneller Vogel gewesen, aber darauf gerieten wir nun doch bei der Debatte, dass eine Zwölfpfundgans (»wenn sie weniger wiegt, sind's nur Haut und Knochen«) für uns zwei beide etwas zu viel war. Also eine Ente, sozusagen Gans in Oktav statt Folio, grade das Richtige für zwei, aber wo kaufen und wie teuer …?

In diesem Augenblick erklang in Störtebekers Kammer ein Gebrüll, ein raues, unverständliches Gebrüll, und eine Minute darauf schlug eine Faust gegen unsere Tür. Schwankend, aber wild anzusehen wie ein Urwaldbiest, direkt aus dem Bett, so stand Störtebeker in unserer Tür, nur in Hemd und Hose, die er mit einem strammen Griff der linken Hand hochhielt. »Besorg ich euch, den Weihnachtsvogel«, krächzte Störtebeker und funkelte uns an.

Wir waren ziemlich erschrocken und verlegen. Itzenplitz rieb sich die Nase und murmelte immerzu nur was von »sehr freundlich« und »sehr liebenswürdig«, und ich versuchte einen Sermon, dass wir noch nicht völlig entschlossen wären, vielleicht käme doch eine Gans in Frage oder ein Truthahn ...

»Dussels!«, brüllte Störtebeker und schmiss die Tür, dass der Kalk von der Decke flog.

Er muss uns aber unsere »Dusselei« trotzdem nicht übelgenommen haben, das Entenangebot erneuerte er zwar nicht, aber als er eine Woche vor Weihnachten Itzenplitz auf dem Vorplatz traf, wie sie versuchte, aus zwei Brettern einen Tannenbaumfuß zusammenzuhämmern, nahm er ihr die Bretter fort und erklärte: »Mach ich. Hab ein gehobeltes Brett beim Kessel. Schenk ich euch zu Weihnachten. Prima Fuß.«

Aber das ist schon wieder vorgegriffen, eigentlich sind wir noch bei der Gratifikation. Mein erster Angriff also war abgeschlagen, und gewissermaßen zum Troste unternahmen wir nun eine Überprüfung unserer Finanzlage, stellten fest, was wir denn nun eigentlich seit dem großen Weihnachtssparentschluss beiseitegebracht hatten. Das war gar keine so einfache Feststellung, denn Itzenplitz hatte ein ganzes System von Einzelkassen: Wirtschaftsgeld, Taschengeld, Mumms Geld, Kohlenfonds, Neuanschaffungskasse, Mietefonds und Weihnachtskasse. Und da in fast allen Schachteln und Schächtelchen entsprechend unserer Finanzlage meistens Ebbe herrschte, schliefte das bisschen Geld, das da war, wie ein Dachs aus einer Kasse in die andere, und anzusehen war dem Rest nicht, in welche Kasse er gehörte.

Itzenplitz rieb viele Male ihre immer röter werdende Nase, legte hierhin und dorthin, nahm weg, tat zu, während ich am Ofen stand und sarkastische Bemerkungen machte. Schließlich schien festzustehen, dass der Weihnachtsfonds innerhalb dreier Monate auf sieben Mark fünfundachtzig angeschwollen war, vorausgesetzt, dass die Briketts bis zum Ersten reichten. Falls nein, gehörten auch noch zwei Mark fünfzig in den Kohlenfonds.

Wir sahen uns an ... Aber es kommt kein Unglück allein, und so tauchten ausgerechnet in diesem Moment vollständiger Pleite in Itzenplitzs Hirn erstens Schwiegermama, zweitens Tutti und Hänschen auf, Nichte und Neffe –: »Mama und den Kindern habe ich doch immer was zu Weihnachten geschenkt. Das muss gehen, Mumm!«

»Bitte, bitte …, aber wenn du mir verraten möchtest, wie –?«

Itzenplitz verriet es nicht, sondern tat etwas Geniales, sie holte mich mal wieder ab vom Käseblättchen und spann dabei den ollen, langweiligen Knochen von Heber in eine geradezu hinreißende Unterhaltung. Ich sehe ihn dort noch sitzen mit seinem langen, betrübten Pferdegesicht, ordentlich mit ein bisschen Rot auf den Backen, sitzen an der einen Seite der Schranke der Expedition, Itzenplitz auf unserm einzigen Rohrstuhl auf der andern Seite der Schranke, Itzenplitz in Glacéhandschuhen und ihrer rotgetupften, weißseidenen Bluse zum Trägerrock, in ihrem billigen Sommermäntelchen. Und sie packte aus, sie plauderte, sie brabbelte, sie schwätzte, sie klönte! Sie gab ihm das Gift, das er haben wollte, sie fütterte sein olles, verstocktes Junggesellenherz mit Klatsch, sie erfand vom Fleck weg, sobald nur ein Name fiel, die schönsten Geschichten. Sie klatschte über Leute, die sie nie gesehen, verlobte, entlobte, es war ein Wirbel, setzte Kinder in die Welt, ließ Erbtanten sterben, aber die Köchin von Paradeisers –!

Und in Hebers alte, glupsche Fischaugen kam richtiges Leben, seine Knochenfaust schmetterte auf die Schranke. »Von dem habe ich mir das doch immer gedacht –! Nein, so was!!« Und sachte, sachte pirschte sie sich von der Liebe ins Geld, von den teuren neuen Gardinen bei Spieckermanns, wie die das könnten, und wir könnten es jedenfalls nicht, und bei Leisegangs sollte es auch wackeln, aber hier sähe es ja, Gott sei Lob und Dank, glänzend aus, kein Wunder, bei der Geschäftsführung –: »Und überhaupt rechnen wir fest darauf, dass Sie beim Chef ein gutes Wort für uns einlegen wegen der Weihnachtsgratifikation. Herr Heber, Sie können's erreichen …«

Sie saß da, leergepumpt, aber ihre Augen hatten förmlich einen Strahlenkranz von Eifer und Entzücken und Beschwörung – und ich konnte nicht anders, ich schlich mich hinter sie und stieß sie drei-, viermal mit den Knöcheln in den Rücken, um ihr meine Begeisterung merklich zu machen. Aber das olle lange Ekel von Heber war natürlich keine Spur gerührt, er räusperte sich nur trocken und erklärte mit erhobener Stimme und einem Seitenblick auf mich, er wüsste schon Bescheid und mit Speck finge man Mäuse, ihn aber nicht, und wer sich die Pfoten verbrennen wollte, der möchte nur immer selbst zum Chef gehen, bitte schön –!

Es war eine vollkommene, schmähliche Niederlage. Mit kläglichem Gestammel flohen wir aus der Expedition, und Itzenplitz tat mir schrecklich leid. Mindestens fünf Minuten sagte sie kein Wort, sondern schnüffelte nur kummervoll vor sich hin, so zerschmettert war sie.

Aber wie dem auch sein mochte, wie tief auch die Aussichten auf Gratifikation stehen und wie düster unser Weihnachtsausblick auch sein mochte – am 13. Dezember schneite es in diesem Jahr zum ersten Mal. Es war ein richtiger trockener Kälteschnee, der auf gefrorenen Boden fiel und da liegen blieb, und wir hielten es natürlich nicht aus, sondern liefen los in Frost und Gestöber.

Gott, die kleine, olle, langweilige, geduckte Kleinstadt –! Die Gaslaternen brannten im Schneegestöber für gar nichts, und in unserer Vorstadtstraße liefen die Leute wie blasse Schemen einher. Aber dann kamen wir in die Breite Straße, und alles war strahlend hell von den vielen Schaufenstern. Und die ersten Weihnachtskerzen (olle elektrische) brannten, und wir lehnten mit den Köpfen gegen die Scheiben und diskutierten dies und zeigten uns das. »Sieh mal, das wäre grade für uns richtig!« (Siebenundneunzig Prozent der ausgestellten Sachen waren grade für uns richtig.)

Und dann war da das alte gute Feinkostgeschäft von Harland, und eine Welle von Leichtsinn hob uns, und wir gingen hinein und kauften ein halbes Pfund Haselnüsse, ein halbes Pfund Walnüsse, ein halbes Pfund Paranüsse. »Nur damit es ein bisschen weihnachtlich wird bei uns. Nussknacker brauchen wir nicht, wir knacken zwischen der Tür.« Und dann kamen wir zu der Buchhandlung von Ranft, und siehe, da war etwas Herrliches: »Buddenbrooks« für zwei Mark fünfundachtzig ... »Und, sieh mal, Itzenplitz, die haben sicher bisher zwölf Mark gekostet und jetzt zwei Mark fünfundachtzig, das sind doch bar gespart neun Mark fünfzehn ... Und es muss doch was an Inseraten zu Weihnachten einkommen!« Und wir kauften die »Buddenbrooks« und kamen zum Kaufhaus von Hänel und gingen hinein, bloß um mal zu sehen, was für Mutter und Tutti und Hänschen in Frage käme, und wir kauften für Mutter ein Paar schwarze, sehr warme Handschuhe (fünf Mark fünfzig) und für Tutti einen Ball, phantastisch groß, für eine Mark und für Hänschen einen Roller (eine Mark fünfundneunzig). Und noch immer trug die Woge und hob uns, und noch sehe ich Itzenplitz unter dem Gewimmel von Käuferinnen vor einem Spiegel stehen und den kleinen weißen Kragen auf ihrem Mantel probieren, mit so einem ernsten, glücklichen Gesicht (welch glücklicher Ernst!) –: »Und etwas schenkst du mir ja doch zu Weihnachten, nicht wahr, Mummimännchen, und später ist vielleicht der Kragen nicht mehr da – ist er nicht süß?«

Es schneite noch immer, als wir nach Haus wanderten, wir gingen dicht eingehängt, ihre Hand in der Ulstertasche bei meiner, und richtig wie richtige Weihnachtskäufer waren wir mit Paketen behängt. Und waren unglaublich glücklich, und die Inserate würden schon kommen ...

Aber während zu Haus Itzenplitz Bratkartoffeln zum Abendessen fertigmachte, packte ich, der ich ein ordentlicher, beinah pedantischer Mann bin, die Pakete aus und legte die Einkäufe zusammen, und dann steckte ich das ganze Einwickelpapier in unseren kleinen Kochofen, genannt Brüllerich, und er brüllte auf und prasselte. Wir waren so glücklich beschwingt über unsere Bratkartoffeln, und plötzlich sprang Itzenplitz auf und rief: »Sei nicht bös, Mumm, ich muss und muss mal schnell den kleinen süßen Kragen anprobieren!«

Ich gewährte es, aber – wo war der Kragen? Und wir

suchten, nein, nein … »O Gott, du hast ihn sicher mit dem Einwickelpapier verbrannt!« – »So blöd werd ich sein, Kragen zu verbrennen, gar nicht mitgebracht hast du ihn …« Und sie riss den Ofen auf und starrte in die Glut, starrte, starrte (»er war so süß«), ich aber raste los und drang in das geschlossene Kaufhaus und ängstigte müde Verkäuferinnen beim Zusammenpacken um ein verschwundenes Paket und ging langsam, langsam wieder nach Haus … Und bedrückt und still schlichen wir umeinander herum, bis es Schlafengehzeit war …

Aber immer wieder wird es Morgen, man wacht auf, und noch liegt der Schnee, blinkend und strahlend unter dem klaren Winterhimmel. Und ein Kragen ist nicht die Welt –: »Warte nur, wie viel Kragen wir uns noch in unserm Leben kaufen können …« – »Wir sind die Richtigen, haben's ja dazu, mit Kragen für drei Mark zu heizen –!«

Doch es war nun der Vierzehnte, und zwei mal sieben ist zweimal meine Glückszahl, und ob ich nun besonders früh auf die Zeitung kam oder ob die olle Lenzen verschlafen hatte, jedenfalls spukte sie da noch rum bei ihrer Reinmacherei, unsere olle Lenzen, ein Reibeisen, mit einem Gesicht wie ein Reibeisen, die neun Kinder großgezogen hatte, unfassbar wie, aber alle taten nicht gut und ließen lieber ihre olle Mutter für sich arbeiten, als dass sie einen Finger krumm machten.

Und die olle Lenzen erzählte mir krächzend und spuckend, wie sie bei Hesses im Schokoladengeschäft – da machte sie auch rein – einen großen Weihnachtsmann aus Schokolade geschenkt bekommen hatte … »Bald ’nen halben Meter hoch, war ja man bloß hohl, aber was hätten meine Enkelkinder für ’nen Spaß gehabt! Und ich stell ihn auf das Vertiko und hab all die Tage meine Freude dran, und wie ich ihn heute beim Staubwischen anfasse, da hat doch das Aas, die Friedel, meine Jüngste, die jetzt in die Spinnerei geht, der verfressene Balg, hat sie doch von hinten den ganzen Weihnachtsmann aufgefressen, nur noch das bisschen Vorderseite ist da … Hatte ’ne Vase hintergestellt, dass er bloß nicht umfällt …« Sie krächzte, schnaubte, röchelte gradezu vor Wut. »Aber warte, wenn ich von Heber meine zwanzig Mark zu Weihnachten kriege, nicht einen Pfennig kriegt sie ab, und wenn sie mir das ganze Weihnachtsfest rumtückscht, dass sie nicht zu Tanz gehen kann …«

Wozu ich bemerkte, dass es dies Jahr mit den Heber’schen Gratifikationen wohl Essig sein würde. Aber die olle Lenzen …, ein Pulverfass, wie sie spuckte und spie! »Dem werde ich es zeigen, dem Jammerknochen, dem elenden! Der soll von mir noch was zu hören bekommen! Zu Weihnachten kein Geld? Ach, hauen Sie doch bloß ab, Herr Mumm! Glauben Sie, der Olle kippt einen Klaren weniger wegen der schlechten Geschäfte? So blau! Aber immer auf die kleinen Leute! Der soll was hören!«

Und Heber bekam zu hören. Da stand sie, die Lenzen, grauslig anzuschauen, zerschlissen, verschabt, verrunzelt, und sie gab an ... Der Lärm zog sogar Preßbold aus seiner Höhle, und seltsam, dieser selbe Preßbold, der mich schnöde im Stich gelassen hatte, jetzt, da die Lenzen loslegte, gab auch er Töne von sich, sachte Begleitmusik: »Richtig finde ich es ja auch grade nicht, Heber ...« Und: »Da hat Frau Lenz ganz recht ...«

Bis Heber, kalkweiß vor Wut, ausbrach: »Raus hier alle aus meiner Expedition! Bewillige ich die Gratifikationen –? Verrückt seid ihr alle, meschugge! Aber warten Sie, Mumm, Sie sind der Stänker, Mumm ...« Ich wartete nicht. Wieder ein Angriff abgeschlagen. Trübe Aussichten ...

Mein Bericht aber über unser erstes Weihnachten wäre nicht vollständig, wenn nicht Kinder darin vorkämen. Sprachen Itzenplitz und ich von unsern früheren

Weihnachtsfesten, so waren es die Feste unserer Kinderzeit, die lebendig wurden. Später gingen sie ineinander über, wie damals hatten nie wieder die Tannenbäume gestrahlt – und ich konnte Itzenplitz noch alles erzählen, wie es gewesen war, als ich das Puppentheater bekam und dann, zwei Weihnachten später, die Bleifiguren zum Robinson Crusoe …

»Richtig schön ist es nur mit Kindern. Ein bisschen allein wird es ja sein bei uns …« Und Itzenplitz sah langsam um sich, sah in die Winkel, wo die dunklen Schatten standen …

Und dann bekamen wir doch noch ein Kind, kurz vor Weihnachten. Es war der 18. Dezember, aus dem Schnee war Schmutz geworden, grausige, alles durchdringende Nässe, trübe, zähe Nebel, Tage, die nicht hell wurden. An einem dieser Nachmittage, die nicht Tag und nicht Nacht waren, hatte es vor unserer Zimmertür geklagt und geweint, fast wie ein kleines Kind, und als Itzenplitz die Tür aufgemacht hatte, da kauerte dort etwas, halbtot vor Nässe und Kälte: eine Katze, eine junge, grauweiße Katze.

Ich bekam unsern Gast erst ein paar Stunden später zu sehen, als ich nach Haus kam von der Werbung, er sah schon ein bisschen trocken aus und glatter, aber auch da war es kein Zweifel, dass dieses kleine, grauweiße Biest mit einem schwarzen Fleck über das halbe Gesicht eine richtige hundskommune Straßenkatze war … »Hule-Mule«, sagte Itzenplitz. »Unsere Hule-Mule …«

Ja, da war nichts dagegen zu sagen, diese Nacht würde sie noch in der Sofaecke schlafen, und morgen würde Itzenplitz sehen, dass sie beim Kaufmann eine alte Margarinekiste bekam und Flicken darein für Hule-Mule (obwohl in einem so jungen Haushalt selbst Flicken knapp sind) – nun, und so hatten wir jedenfalls ein Kind und würden nicht ganz, ganz allein sein.

In dieser Nacht aber wachte ich auf, es musste spät sein, aber das Elektrische brannte, und am Sofa stand eine weiße Gestalt im Nachthemd, stockstill. »Itzenplitz«, rief ich. »Komm doch, du erkältest dich ja …« Sie machte nur eine abwehrende Bewegung, und nach einer Weile stand auch ich auf und trat neben sie.

»Sieh doch«, flüsterte sie. »Sieh doch!« Das Kätzchen war wach geworden. Es strich mit den Vorderpfoten den Kopf entlang, dann streckte es eine rosige Zunge aus und gähnte. Es dehnte sich. Itzenplitz sah atemlos zu. Mit zwei Fingern kraulte sie die Katze leise unterm Kopf.

»Hule-Mule«, flüsterte sie. »Unsere Hule-Mule …«

Sie sah mich an.

So was vergisst sich nicht. Eigentlich hatte ich mein Weihnachten schon weg und Ostern, Pfingsten und alle großen Festtage dazu. »*Unsere* Hule-Mule!«

Und aus dem Achtzehnten wurde der Neunzehnte, und die Tage gingen weiter, und das Geld blieb knapp, und das Annoncengeschäft hielt nicht, was es versprach, und die Aussichten waren düster. Am Zweiundzwanzigsten abends fing Itzenplitz zu bohren an, ob Heber sich denn gar nichts merken ließe und ob ich denn nicht einmal mit dem Großen Häuptling selber sprechen wollte, und es wäre doch keine Art, und es müsste einem doch Bescheid gesagt werden …

Am Dreiundzwanzigsten strich ich um Heber herum wie ein Bräutigam um seine junge Braut, aber er ließ sich nichts merken und war so knochig und fischig wie je. Und am Dreiundzwanzigsten abends hatten Itzenplitz und ich unsern ersten richtigen Krach, weil ich nichts gesagt hatte, und außerdem hatte Hule-Mule aus einem Alpenveilchen, unserm einzigen Alpenveilchen, das uns Frau Preßbold geschenkt hatte, alle Blütenstiele rausgezogen, und außerdem hatte Störtebeker den Tannenbaumfuß noch immer nicht abgeliefert, sondern Itzenplitz wieder mal auf »morgen« vertröstet.

Morgen brach an, der 24. Dezember, Weihnachtstag, und sah aus wie ein ganz gewöhnlicher, diesiger, grauer Wintertag, nicht warm und nicht kalt. Um zehn ging Heber zum Chef, und ich hab gesessen und auf seine Rückkehr gelauert, hab einen Kohl über den Weihnachtsfilm, der im Olympia-Kino lief, geschrieben, der war nicht von schlechten Eltern. Heber kam wieder und sah knochig und fischig aus wie eh und je und setzte sich an seinen Platz und tief brummig zu mir rüber: »Mumm, Sie müssen gleich zu Betten-Ladewig gehen. Der behauptet, er hat nur 'ne Viertelseite aufgegeben und Sie haben 'ne halbe geschrieben. Immer machen Sie so 'nen Mist ...«

Und während ich durch die Straßen trabte, dachte ich immer nur: Arme Itzenplitz ..., arme Itzenplitz ... Ich war innen ganz zusammengefallen, fünf Mark hatten wir noch im Haus, aber richtig, richtig hatte ich nie an eine Gratifikation geglaubt. Wenn man was ganz nötig braucht, kriegt man es nie.

Bei Ladewig hatte natürlich ich recht, es fiel ihm wieder ein, und er war so anständig, es zuzugeben. Und ich schlich langsam zurück auf die Zeitung und sagte es Heber, und der meinte: »Na also, ich sag's ja immer … So was wollen Geschäftsleute sein. Übrigens da, unterschreiben Sie die Quittung, ich hab den Chef doch wieder mal rumgekriegt …«

Erst war es wie ein Taumel, einen Augenblick war mir richtig schwarz vor den Augen. Und dann wurde alles hell, strahlend hell, und am liebsten hätte ich den ollen Kabeljau rechts und links abgeknutscht. Und dann griff ich nach dem Fünfzigmarkschein und schrie: »Eine Sekunde, Herr Heber …«, und raste, wie ich ging und stand, den Schein in der Pfote, die Breite Straße runter in die Neuhäuser Straße über den Kirchplatz, über den Reepschlägergang in die Stadtrat-Hempel-Straße und stürmte die Treppe hinauf und brach wie ein Hurrikan in unsere Bude und knallte den Schein auf den Tisch und schrie: »Schreib auf, was wir kaufen, Itzenplitz! Hol mich um zwei ab!« Und küsste sie und wirbelte sie rum und war schon wieder unten und wieder auf der Zeitung, und dieser Spiegelkarpfen von einem Heber hatte sich doch wahrhaftig noch nicht von seiner Verblüffung erholt und mümmelte nur ganz kümmerlich vor sich hin: »So doof wie Sie möchte ich nur mal 'ne Stunde am Sonntag sein, Mumm!«

Aber als es zwei wurde und Heber gegangen war, kam sie. Dies aber war der Zettel, unser Weihnachtsbesorgungszettel, unser endgültiger, den sie mir zu lesen gab:

1. Fürs Essen:

1 Ente	5.00	
Rotkohl	0.50	
Äpfel	0.60	
Nüsse	2.00	
Feigen, Datteln, Rosinen	3.00	
Sonstige	5.00	16.10

2. Für den Baum:

Unser Baum	1.00	
12 Kerzen	0.60	
Kerzenhalter	0.75	
Lametta	0.50	
Wunderkerzen	0.25	3.10

3. Für Hule-Mule:

1 Eimer frischer Sand	0.25	
1 Bückling	0.15	0.40

4. Für Mumm:

Handschuhe	4.00	
Zigaretten	2.00	
1 Oberhemd	4.00	
1 Schlips	2.00	
Noch was	2.00	14.00

5. Für Itzenplitz:

1 Lotterielos	1.00	
1 Schere	2.50	
1 Kragen	3.00	
1 Schal	6.00	
Haarschneiden und Frisieren	2.00	14.50

Unser Weihnachten:	48.10

»Hör mal zu«, begann Itzenplitz im Eilzugstempo, denn um vier war Hebers Mittagspause vorbei, und bis dahin musste alles besorgt sein. »Hör mal zu. Es ist ja schrecklich viel Geld für die Fresserei, aber die Ente langt mindestens vier Tage, und es ist ja nur einmal Weihnachten. Für meine Näherei muss ich jetzt endlich 'ne richtige Schere haben, mit der Nagelschere, das geht nicht länger. Und die Preise werden alle so ziemlich stimmen, und bis zum Ersten behalten wir grade sieben Mark übrig, für jeden Tag eine Mark, und damit kommen wir gut aus. Wunderkerzen muss ich am Baum haben, weißt du, die so zischen und prasseln, und ich kann wirklich nichts dafür, dass ich fünfzig Pfennig besser weggekommen bin als du, ich könnte ja auf das Los verzichten, aber man muss doch auch nach Weihnachten auf was hoffen, wenn wir auch sicher nichts gewinnen …«

»Was ist noch was –?«, unterbrach ich ihren Redestrom.

»Oh, Mummimännchen, dass ich noch 'ne ganze kleine, klitzekleine Überraschung für dich habe!«

»Ich will auch zwei Mark für ›noch was‹ haben«, erklärte ich drohend.

»O Gott, da bleiben uns nur fünf Mark übrig, und wenn der Gasmann kommt, und ich schneide zwei Mark fünfzig besser ab als du! Und es ist wirklich nicht nötig, ich bin ja soo glücklich über unser Weihnachten!«

»Ich will aber«, beharrte ich.

Und dann ging Itzenplitz und holte die olle Lenzen, und die versprach, bis vier mich stellzuvertreten – und eine einladende Stellvertreterin war sie. Aber wer sollte schon am Vierundzwanzigsten nachmittags auf die Zeitung kommen?

Wir aber rasten los, und natürlich stimmten alle Preise nicht, sondern mein Oberhemd kostete sieben, und dafür ließen wir den Schlips fallen und drückten die Handschuhe um eine Mark. Itzenplitz aber fand einen herrlichen Schal, rot und weiß und blau, aus so 'nem gefältelten Seidenstoff für vier Mark fünfzig. Und den gleichen Kragen wie den verbrannten bekamen wir auch! Die Ente aber aus dem alten guten Feinkostgeschäft von Harland wog vierzweizehntel Pfund und kostete fünf Mark fünfundvierzig, was war das aber auch für eine Ente!

Natürlich reichte die Zeit nicht bis vier, aber wir verabredeten, dass ich jetzt rasch, rasch auf die Zeitung sollte, damit der Heber nichts merkte, und um halb fünf sollte ich mir Feierabend erbitten. Bis dahin aber wollte Itzenplitz sich Haare schneiden und frisieren lassen, und dann wollten wir gemeinsam den Rest unserer Einkäufe besorgen.

Fünf Minuten vor vier war ich auf der Zeitung, und siehe, die olle Lenzen hatte einem Brautpaar eine Verlobungsanzeige für neun Mark achtzig abgenommen (alles konnte die Frau), und als Heber kam, ruhte ich nicht, bis er mir meine achtundneunzig Pfennig Tantieme ausbezahlt hatte. Und er war ganz fassungslos, dass ich schon wieder Geld brauchte, wo ich doch grade meine Gratifikation bekommen hatte, aber ich muss sagen, schließlich war er richtig weihnachtlich großzügig und gab mir eine ganze Mark.

Gleich nach halb fünf hatte ich wirklich Feierabend und raste in die Steinmetzstraße, und richtig war der gute Unger wirklich zu Haus, der vor drei Wochen seine Verlobung aufgelöst und sich seine Brautgeschenke hatte zurückgeben lassen. Und wir wurden handelseins, und ich kaufte von ihm die süße dünne Goldkette mit dem Aquamarinanhänger: drei Mark Anzahlung (zwei Mark »noch was« plus eine Mark Verlobungstantieme) und fünfzehn Wochenraten zu einer Mark ab 1. Januar.

Aber wenn ich gedacht hatte, dass Itzenplitz schon wartend vor der Friseurtür stehen würde, so war das nicht so. Alle Mädchen und Frauen schienen sich ausgerechnet heute frisieren zu lassen. Aber dann war ich, trotz meiner kalten Füße, nicht böse, als sie da vor mir mit ihren Locken und Löckchen und Ringelchen auftauchte, und wir stürzten uns wieder in den Strudel der Weihnachtseinkäufe, an meiner Brust aber lag der Aquamarin.

Dann waren wir zu Haus, es war schon lange dunkel,

und ich kriegte den Eimer zu fassen und raste los ins Baugeschäft nach Sand, und schön knurrig war der Platzverwalter, dass ich da noch mit so 'nem dicken Auftrag auf Katzensand um drei Viertel sieben angetrudelt kam. Zu Haus aber fand ich Itzenplitz in heller Verzweiflung. Störtebeker hatte sich noch immer nicht mit seinem Tannenbaumfuß gemeldet, aber zu Haus war er, wir hörten ihn rascheln.

Hand in Hand schlichen wir über den dunklen Vorplatz und klopften an seine Tür, hörten, wie er sich im Bett hin und her schmiss, hörten schnarchen, machten leise die Tür auf: In einer Pulle steckte eine Flackerkerze, und mit einer andern, halb geleerten Pulle war der Klaus Störtebeker eingepennt. Wir hatten ja schreckliche Angst vor ihm, aber wir schlichen doch wie die Indianer in die Kammer und suchten nach dem Fuß. Es war nicht viel zu suchen, und der Fuß war eben noch immer nicht da. Grade aber war Itzenplitz dabei, mit echt weiblicher Hartnäckigkeit eine Schublade aufzuziehen, da krächzte es vom Bett her: »Na, ihr jungen Lauser … Tannenbaumfuß? Morgen bestimmt!« Und schlief schon wieder.

Fünf Minuten vor sieben raste ich stadtwärts, und im Eisengeschäft von Günther waren Tannenbaumfüße ausverkauft, und bei Mamlock rasselte vor meiner Nase die eiserne Rolljalousie runter.

Zehn Minuten nach sieben trat ich wieder daheim an, ohne Tannenbaumfuß, und da stand unser Bäumchen in einem Sandeimer, in einem Hule-Mule-Katzensandeimer, herrlich drapiert mit einem weißen Tischtuch – stand unser Weihnachtsbaum, strahlte und funkelte.

Schönes, herrliches Weihnachtsfest – und die olle Itzenplitz fing doch wahrhaftig an zu heulen über den Aquamarinanhänger. »So was Schönes hab ich nun freilich nicht für dich.« Und das Feuerzeug war doch wirklich gut. Dann aber standen wir und sahen uns an, wie »unsere Hule-Mule« mit Knacken und Zerren ihren Bückling verdrückte, und leise sagte Itzenplitz: »Im nächsten Jahr brauchen wir keine Hule-Mule.«

Der parfümierte Tannenbaum

Weihnachten war gekommen und war vorübergegangen. Es war ein stilles, kleines Weihnachten gewesen, mit einer Tanne im Topf, einem Selbstbinder, einem Oberhemd und ein Paar Gamaschen für den Jungen, mit einem Umstandsgürtel und einer Flasche Eau de Cologne für Lämmchen.

»Ich will nicht, dass du einen Hängebauch bekommst«, hatte der Junge erklärt. »Ich will meine hübsche Frau behalten.«

»Im nächsten Jahr sieht der Murkel schon den Baum«, hatte Lämmchen gesagt.

Im Übrigen hatte es stark gerochen, und die Flasche Eau de Cologne war schon am Weihnachtsabend alle geworden.

Wenn man arm ist, kompliziert sich alles. Lämmchen hatte sich das ausgedacht mit der Tanne im Topf, sie wollte sie weiterziehen, im Frühjahr umtopfen. Im nächsten Jahr sollte sie der Murkel sehen, und so sollte sie immer größer, immer strahlender, im Wettwachsen gleichsam mit dem Murkel, von Weihnachtsfest zu Weihnachtsfest wandern, ihre erste und einzige Tanne. Sollte.

Vor dem Fest hatte Lämmchen die Tanne auf das Kinodach gestellt. Weiß der Himmel, wie die Katze dahin fand, Lämmchen hatte nie gewusst, dass es hier überhaupt Katzen gab. Aber es gab welche, Lämmchen fand ihre Spur auf der Erde des Topfes, als sie den Baum schmücken wollte, die Spur roch stark. Lämmchen beseitigte, was zu beseitigen war, sie scheuerte und wusch und konnte doch nicht hindern, dass der Junge, kaum war der offizielle Teil der Feier mit Kuss und In-die-Augen-Schauen und Geschenke-Besehen vorüber – sie konnte nicht hindern, dass der Junge sagte: »Du, das riecht hier aber sehr merkwürdig!«

Lämmchen berichtete, der Junge lachte und sagte: »Nichts einfacher!« Er öffnete die Eau-de-Cologne-Flasche und spritzte etwas auf den Topf.

Ach, er spritzte noch oft diesen Abend, die Katze ließ sich betäuben, aber dann erwachte sie immer wieder siegreich zu neuem Leben, die Flasche wurde leer, die Katze stank. Schließlich setzten sie noch am Heiligen Abend den Baum vor die Tür. Es war nicht dagegen aufzukommen.

Und am ersten Feiertag, ganz früh, ging Pinneberg los und stahl im Kleinen Tiergarten ein Häuflein Gartenerde. Sie topften die Tanne um. Aber erstens stank sie auch dann noch, und zweitens mussten sie feststellen, dass es keine in einem Topf gezogene Tanne war, sondern ein Dings, dem der Gärtner alle Wurzeln abgehauen hatte, um sie in den Topf zu kriegen. Ein Blender auf vierzehn Tage.

»Solche wie wir«, sagte Pinneberg und war in der Stimmung, das ganz richtig zu finden, »fallen eben immer rein.«

»Na, nicht immer«, hatte Lämmchen gesagt.

»Bitte?«

»Zum Beispiel, als ich dich gekriegt habe.«

Im Übrigen war der Dezember ein guter Monat, trotz des Weihnachtsfestes wurde der Etat des Hauses Pinneberg nicht überschritten. Sie waren selig wie die Schneekönige. »Wir können es also auch! Siehst du! Trotz Weihnachten.«

Und sie machten Pläne, was sie in den nächsten Monaten mit all ihren Ersparnissen machen wollten.

Zu dieser Ausgabe

Der Text *Lüttenweihnachten* folgt der Ausgabe:

Hans Fallada: Hoppelpoppel, wo bist du? Kindergeschichten. Leipzig: Reclam, 1936.

Die Texte *Der gestohlene Weihnachtsbaum* und *Fünfzig Mark und ein fröhliches Weihnachtsfest* folgen der Ausgabe:

Hans Fallada: Märchen und Geschichten. Ausgewählte Werke in Einzelausgaben. Bd. 9. Berlin/Weimar: Aufbau Verlag, 1985.

Der Text *Der parfümierte Tannenbaum* folgt der Ausgabe:

Hans Fallada: Kleiner Mann – was nun? Roman. Ausgewählte Werke in Einzelausgaben. Bd. 2. Berlin/Weimar: Aufbau Verlag, 1982.

Rechtschreibung und Interpunktion wurden für die vorliegende Ausgabe modernisiert.

Anmerkungen

7,5 *Arkona:* Kap Arkona, Steilküste aus Kreide und Geschiebemergel im Norden der Insel Rügen, an dem sich zwei Leuchttürme befinden, die 1827 und 1902 in Betrieb genommen wurden. Kap Arkona befindet sich auf der Halbinsel Wittow und gilt als der nördlichste Punkt der Insel Rügen. Dort war Fallada öfter bei dem Landwirt Johannes Kagelmacher zu Gast, mit dem er sich in Leipzig angefreundet hatte.

7,14 f. *Stellmacherschuppen: Stellmacher:* Wagenbauer; Handwerker, der die hölzernen Wagenteile anfertigt und repariert.

7,17 *Rotvoss:* sprechender Name, aus ›rot‹ und dem niederdeutschen (plattdeutschen) Wort *Voss* für Fuchs. Der (Spitz-)Name Rotfuchs wurde häufig für Rothaarige verwendet und stammt aus Zeiten und

Gesellschaften, in denen Rothaarige entweder mit Hexen oder dem Teufel in Verbindung gebracht wurden oder zumindest allgemein als hinterhältig oder bösartig galten.

8,5 *Lüttenweihnachten:* von norddeutsch *lütt* ›klein‹; dementsprechend *der/die Lütte* ›der/die Kleine‹.

9,6 *Holzschauer:* Holzschuppen.

9,11 *Raine: der Rain:* unbebauter schmaler Streifen Land als Grenze zwischen zwei Äckern.

9,12 *Feldmark:* auch: Flur; in Parzellen eingeteilte landwirtschaftliche Nutzfläche.

12,2 *Sturzacker:* umgepflügtes Feld.

12,14 *Dünung:* durch den Wind hervorgerufener Seegang mit gleichmäßigen, langgezogenen Wellen; vgl. niederdeutsch *dunen/dünen* ›schwellen, auf und nieder wogen‹.

13,7 *Bodden:* flache, unregelmäßig geformte Bucht mit einer schmalen Öffnung zum Meer.

13,8 *Wieks:* die Wiek: norddeutsch für: kleine Bucht (in der Ostsee).

13,17 *Jung:* niederdeutsch für: Junge.

Manning: norddeutsche Verkleinerungsform für: Mann.

13,24 *besprochen:* besprechen: hier: durch Zaubersprüche zu beeinflussen, besonders zu beschwören, zu besänftigen oder zu heilen versuchen.

blau gefärbt: blau färben: in vielen Volksbräuchen steht die Farbe Blau im Zusammenhang mit Aberglaube und Magie für das Andere oder das Böse; blau färben bedeutet dabei etwa ›mit einem Fluch oder Bann belegen, verhexen‹.

14,24 *gemausten:* mausen: heimlich an sich nehmen, jemandem wegnehmen.

21,5 f. *Joppe:* (einfache) Jacke.

21,9 *Kakeldütt:* sprechender Name: Schnattermaul, Quatschbude; von niederdeutsch *kakeln* ›gackern, schwatzen‹ und Dütt ›Schachtel‹.

21,14 *Landjäger:* hier: auf dem Land eingesetzter Polizist.

21,20 *hat 'ne Picke auf mich:* eine Picke auf jemanden haben: regional für: schlecht auf jemanden zu sprechen sein, jemanden nicht leiden können.

23,3 *Jagen elf:* Jagen: nummeriertes Revier oder Waldabschnitt. Der Wald wird in sogenannte Jagen unterteilt, die fortlaufend nummeriert sind und zur Orientierung bei der Waldarbeit dienen.

23,7 *Piesch:* von norddeutsch *pieschern* ›pinkeln, urinieren‹.

23,13 f. *Hasenklein:* Innereien (wie Herz, Leber, Lunge, Magen) eines Hasen mit Hals, unteren Rippen und Läufen.

24,12 *ollen:* norddeutsch *oll* ›alt‹.

24,24 f. *Söhning:* norddeutsche Verkleinerungsform von: Sohn; meist liebevoll, manchmal auch ironisch gebraucht.

25,15 *Schonung:* hier: eingezäuntes Waldgebiet mit jungem Baumbestand.

27,12 *Kuscheln: die Kuschel:* norddeutsch für: niedrige, buschig wachsende Kiefer.

28,2 *Gejachter:* niederdeutsch für: Umherjagen, Tollen.

34,6 *Itzenplitz:* hier als Kosename für Elisabeth verwendet, möglicherweise auch (ironische) Anspielung auf ein alteingesessenes, brandenburgisch-preußisches Adelsgeschlecht namens Itzenplitz.

35,6 f. *Schlackerschnee:* norddeutsch für: nasser, im Tauen begriffener Schnee.

36,22 *man:* norddeutsch für: nur, ruhig (als Bekräftigung).

37,23 *peste: pesen:* sehr schnell laufen, rennen.

38,13 *knorke:* berlinerisch für: fabelhaft, prima.

38,22 *Gratifikation:* zusätzliches (Arbeits-)Entgelt zu besonderen Anlässen (z. B. zu Weihnachten).

39,18 f. *Matern: Mater:* Matrize; im Druckwesen eine Form aus Metall mit seitenverkehrt eingeprägten Buchstaben, die die Lettern liefert, oder in Pappe, Wachs, Blei oder anderem Werkstoff geprägte Abformung eines Schriftsatzes oder Bildes zur Herstellung einer Druckplatte.

39,23 *Tantieme:* Gewinnbeteiligung.

39,24 *Reichsmark:* Währungseinheit des Deutschen Reiches von 1924 bis 1948.

40,15 *vergnittert:* Niederdeutsch für: verdrießlich, vergrämt, mürrisch.

41,4 *Brikett:* ziegelstein- bzw. quaderförmig gepresste Kohle.

41,13 f. *Klaus Störtebeker:* Klaus Störtebeker (um 1360–1401) soll ein Seeräuber und Anführer einer Gruppe von sogenannten Likedeelern (niederdeutsch: Gleichteiler) gewesen sein. Um ihn, dem zusammen mit seiner Mannschaft auch Robin-Hood-hafte Züge zugeschrieben werden, ranken sich verschiedene Legenden. So soll ihm der Bürgermeister, als er 1401 in Hamburg hingerichtet wurde, versprochen haben, dass alle diejenigen aus seiner Mannschaft, an denen Störtebeker nach seiner Enthauptung noch vorbeigehen könne, verschont würden. Störtebeker soll ohne

Kopf noch zwölf Meter weit bzw. an elf Männern vorbeigegangen sein, bevor ihn jemand aufhielt, indem er ihn stolpern ließ.

41,18 *Syndetikon:* Markenname eines ab 1880 hergestellten, dickflüssigen Klebstoffs auf der Basis von Fischleim.

41,22 f. *meschugge:* von jiddisch *meschuggo* ›behämmert, bekloppt, verrückt‹.

42,13 *karriolte:* karriolen: herumfahren, unsinnig fahren (von Karriole: zweirädrige Kutsche)

43,6 *Rosinen:* Anspielung auf die Redensart ›sich die Rosinen aus dem Kuchen picken/herauspicken‹ für: das Beste auswählen.

44,4 *Krakeeler:* krakeelen: laut schreien, lautstark schimpfen, sich lautstark streiten.

44,16 f. *in Oktav statt Folio:* Oktav und Folio sind Buch- bzw. Papierformate, wobei Folio das größte ist und ungefähr das 1,5-fache des Oktavformats beträgt.

45,7 *Sermon:* Rede, Predigt; umgangssprachlich für langatmiges, langweiliges Gerede.

45,10 *Dussels:* Dussel: Dummkopf, Schlafmütze.

46,8 *schliefte:* schliefen: schlüpfen, gleiten.

47,12 *Expedition:* auch: Annoncen-Expedition; Annoncen-Expeditionen vermittelten ab etwa 1850 bis zur

Gleichschaltung durch das Gesetz über Wirtschaftswerbung von 1933 zwischen Zeitungen und Werbetreibenden die Schaltung von Anzeigen, mit denen sich Zeitungen schon bald zu mehr als 50 Prozent finanzierten.

47,14 f. *Glacéhandschuhen:* feine, weiße Handschuhe aus sogenanntem Glacéleder, also Ziegenleder. Zwischen der Mitte des 19. Jahrhunderts und dem Beginn des 20. Jahrhunderts waren sie für Damen fester Bestandteil der Tagesgarderobe.

47,18 *klönte:* niederdeutsch *klönen* ›sich gemütlich unterhalten‹.

48,1 *glupsche:* norddeutsch *glupsch/glubsch* ›finsterdrohend, böse‹.

50,11 *»Buddenbrooks«:* Gemeint ist der 1901 erschienene Roman von Thomas Mann über den Niedergang einer Lübecker Kaufmannsfamilie; für die *Buddenbrooks* erhielt Mann 1929 den Literaturnobelpreis.

51,9 f. *Ulstertasche:* Ulster: loser, zweireihiger Herrenmantel aus grobem, wetterfestem Tweed- oder Wollstoff; benannt nach Ulster, einer Provinz in Nordirland, in der diese Art von Mantel ursprünglich hergestellt wurde.

53,20 *rumtückscht:* von norddeutsch *tückschen* ›heimlich zürnen‹.

54,5 *Klaren:* Klarer, umgangssprachliche Bezeichnung für Schnaps, der aus Getreide gebrannt wird; Korn(brand).

55,7 *Robinson Crusoe:* Gemeint ist der 1719 erschienene englische Abenteuerroman von Daniel Defoe über einen Seefahrer, der als Schiffbrüchiger auf einer einsamen Südseeinsel strandet und dort fast 30 Jahre verbringt.

56,3 *hundskommune:* scherzhaft-veraltet für: stinknormal.

56,4 *Hule-Mule:* sprechender Name, zusammengesetzt aus niederdeutsch *hulen* ›heulen‹ und niederdeutsch *mulen* ›maulen‹.

58,8 *Kohl:* hier aus der Studentensprache für: ungereimtes Zeug, Unsinn; von hebräisch *qôl* ›Gerücht‹.

65,12 *Pulle:* Flasche.

69,4 *Gamaschen:* auch Beinling oder Stulpe; Kleidungsstück, das direkt an den Schuh anschließt und einen Teil des Fußes, vor allem den Spann, bedeckt und bis zum Knöchel, teilweise sogar bis zum Knie reicht. Gamaschen werden über den Schuhen und Strümpfen getragen und sollen entweder vor Schmutz, Kälte und Nässe schützen oder, z. B. beim Militär, vor Verletzungen.

Nachbemerkung

»Das Herz muss mitklopfen, das Herz muss
mit dabei sein, sonst ist alles Schiet.«
Aus einem Brief von Hans Fallada
an seine Schwestern, 1935

Auch wer noch nie vorher einen Text von Hans Fallada gelesen hat, wird nach der Lektüre der im vorliegenden Band enthaltenen Weihnachtsgeschichten einen tiefen Einblick in den Stil und in die Themen dieses Schriftstellers erhalten haben, der als »einer der großen Erzähler des 20. Jahrhunderts« gilt. Die vier Erzählungen enthalten *en miniature* den literarischen Kosmos von Hans Fallada: Szenen des alltäglichen Lebens, einfache Menschen und deren Sorgen, Nöte und Freuden.

Da haben wir zum Beispiel Itzenplitz und Mumm in *Fünfzig Mark und ein fröhliches Weihnachtsfest*, die schon im Hochsommer anfangen, sich über die für ihr Budget möglichen Ausgaben für Geschenke und das

Weihnachtsessen Gedanken zu machen. Obwohl sie beschließen, sofort mit dem Sparen zu beginnen, um sich vielleicht wenigstens eine kleine Weihnachtsente statt der größeren und teureren Gans gönnen zu können, schaffen sie es aufgrund ihrer immer heiklen finanziellen Lage nicht, das nötige Geld auf die Seite zu legen. Als sie eigentlich schon alle Hoffnung aufgegeben haben, geschieht so etwas wie ein kleines Weihnachtswunder: Mumm erhält das ersehnte Weihnachtsgeld doch noch, und die beiden können sich Essen und Geschenke und sogar einen Friseurbesuch für Itzenplitz leisten. Ähnliche Schwierigkeiten stehen auch am Anfang der Geschichte von Thomas und seiner kleinen Schwester: Der Vater will oder kann es nicht auf sich nehmen, die weite Strecke bis zur nächsten Stadt zu fahren, um dort einen Weihnachtsbaum zu kaufen. Außerdem kommt es ihm absurd vor, weil ihm als Bewohner eines kleinen Ortes direkt am Wald der Weihnachtsbaum eigentlich »vor der Nase wuchs« (S. 20) – die Bäume vor der Nase allerdings werden vom Förster streng bewacht, so dass auch das »›so‹ Besorgen« als Option wegfällt. Die Kinder machen sich aber weniger Probleme mit dem ›Besorgen‹, genauso wenig wie der mit einem Augenzwinkern als »Subjekt« bezeichnete Kakeldütt, der im Auftrag von Frau Brommen auf Baumsuche ist. Mit liebevoll-ironischem Blick werden in *Der gestohlene Weihnachtsbaum* die verschiedenen Figuren charakterisiert und ihre Beziehungen zueinander den Lesern teilweise durch Nebensätze, kleine Randbemerkungen oder sogar nur durch Adjektive deutlich gemacht. Mit der letzten unserer Geschichten, *Der parfümierte Weihnachtsbaum*, lernen wir schließlich die Protagonisten von Falladas berühmtestem Roman *Kleiner Mann – was nun?* kennen, Johannes Pinneberg, Junge genannt, und seine Frau Emma, geborene Mörschel, genannt Lämmchen.

Der Roman, in dem die Episode vom parfümierten Weihnachtsbaum den Anfang eines Kapitels darstellt, erscheint 1932 als Falladas vierter Roman im Rowohlt Verlag. Schon sein erster Roman, *Der junge Goedeschal*, war 1920 dort erschienen, und der Verleger Ernst Rowohlt hatte offenbar sofort Falladas Talent erkannt. *Der junge Goedeschal* ist in gewisser Weise eine Literarisierung von Falladas eigener Jugend, was auch der Grund dafür ist, dass sich der 1893 als Rudolf Wilhelm Friedrich Ditzen in Greifswald geborene Autor das Pseudonym Hans Fallada zulegt. Ein Pseudonym, das seinerseits wohl auf literarische Anleihen zurückgeht:

Einer These zufolge geht der Vorname Hans auf den Helden des Märchens *Hans im Glück* zurück, während Falada der Name des sprechenden Pferdes in *Die Gänsemagd* ist, dem von der bösen Magd der Kopf abgeschlagen wird aus Angst, dass es sie verraten könne. Der Kopf wird dann aber auf Wunsch der verkannten Prinzessin am Tor angebracht, von wo aus es die Prinzessin so lange mit »Jungfer Königin« anspricht, bis der Betrug auffliegt und die Magd als falsche Königin entlarvt wird. Der selbst gewählte Name könnte passender nicht sein: Er setzt den Autor in Beziehung zur Tradition der Märchen, die bekanntlich erfundene Geschichten sind, die aber dennoch überzeitliche Botschaften und damit Wahrheiten transportieren. Die Grenze zwischen Fiktion und Wirklichkeit, oder, wie es bei Goethe heißt: *Dichtung und Wahrheit*, ist oftmals fließend, und auch bei Hans Fallada können wir das sagen. In vielen seiner Texte sind mehr oder weniger starke Bezüge zu seiner Biographie enthalten, nicht nur in *Der junge Goedeschal*. Auch in den späteren, wie zum Beispiel *Wer einmal aus dem Blechnapf frisst* (1934), *Wolf unter Wölfen* (1937), *Der Alpdruck* (1947) oder *Jeder stirbt für sich allein* (1947), finden wir autobiographische Elemente, und in *Kleiner Mann – was nun?* setzt Fallada außerdem seiner Frau Anna, genannt Suse, in der Figur von Lämmchen ein Denkmal.

Umgekehrt zeigt bei *Damals bei uns daheim* (1941), einem Buch mit Geschichten aus Falladas Kindheit, bereits der Untertitel, dass auch autobiographisches Erzählen und die eigene Erinnerung nicht immer wahrheitsgetreu sein müssen. Der Untertitel lautet »Erlebtes, Erfahrenes und Erfundenes« und spielt damit auf das an, worauf auch Jenny Williams, die Verfasserin einer Biographie über Hans Fallada, hinweist: In allem, was Fallada schreibt, steckt Fiktion. Gleichzeitig steckt in fast allem, was Fallada schreibt, auch Wahres. Dieses Wahre nimmt der Autor teilweise aus seinem eigenen Leben, das ihm als Folie dient, um über den ganz normalen Durchschnittsmenschen zu schreiben, teilweise aus der Beobachtung der Menschen um ihn herum. *Kleiner Mann – was nun?* enthält diesen Durchschnittsmenschen bereits im Titel, der später zu einem geflügelten Wort werden sollte. Den Inhalt fasst Hans Fallada in einem Brief an seinen Verleger Rowohlt so zusammen:

»Ehe und Wehe von Johannes Pinneberg, Angestellter, verliert seine Stellung, bekommt eine Stellung, wird endgültig arbeitslos. Einer von sechs Millionen, ein Garnichts, und was der Garnichts fühlt, denkt und erlebt.«

Die Geschichte ist in der Weimarer Republik während der Weltwirtschaftskrise angesiedelt und erscheint in einem Moment, in dem die Arbeitslosenzahlen in Deutschland auf nie dagewesene Höhen steigen – und damit offenbar zum richtigen Zeitpunkt: Der Roman bringt Hans Fallada endgültig den Durchbruch als Schriftsteller, das Buch wird ein internationaler Bestseller.

Insbesondere *Kleiner Mann – was nun?*, aber auch seine anderen Werke tragen Fallada, den man der literarischen Strömung der Neuen Sachlichkeit zuordnet, den Ruf des »Chronisten der kleinen Leute ein«; er beschreibt deren alltägliche Sorgen und Nöte so treffend und nüchtern, aber zugleich empathisch wie kaum ein anderer. Sympathie für seine Figuren und Empathie spüren wir auch deutlich in den Weihnachtserzählungen in diesem Band.

Falladas eigenes Leben und seine Sorgen sind allerdings nicht unbedingt alltäglich: Schon als Kind wird ihm klar, dass er die Erwartungen des Vaters nicht erfüllen will oder kann; in der Schule wird er mehr und mehr zum Außenseiter, und mit 18 Jahren verabredet er sich gemeinsam mit seinem besten Freund zu einem Doppelsuizid: In einem Scheinduell wollen die beiden sich gegenseitig umbringen. Der Freund schießt daneben, Fallada trifft, aber nicht tödlich, woraufhin der Freund ihn anfleht, nochmals zu schießen. Fallada schießt auf den Freund, dann sich selbst zweimal in die Brust. Der Freund stirbt, Fallada überlebt nach wochenlangem Kampf – ein Ereignis, das Fallada literarisch verarbeitet, das ihn aber dennoch nie mehr loslässt. Die beiden Freunde sind keine Sonderlinge, sondern Kinder ihrer Zeit, einer Zeit der Umbrüche, des Kriegs, der Orientierungslosigkeit. Auch der fast gleichaltrige Dichter Johannes R. Becher, in dessen Nachbarschaft Fallada ab 1945 in Berlin lebt, überlebt nur knapp einen Doppelsuizid.

Nach diesem Vorfall wird Fallada in eine psychiatrische Klinik eingewiesen, doch dieser Aufenthalt sollte nicht sein letzter sein. Falladas Biographie liest sich wie ein ständiger Grenzgang, er ist hin- und hergerissen zwischen Arbeitswut und Depression, Alkohol- und Morphiumabhängigkeit, ist hingebungsvoller Ehemann und liebevoller Vater, weiß sich anzupassen an die äußeren Gegebenheiten, bleibt aber in seinem Inneren immer ein Rebell. Seine erste Frau Anne hat viel zu seinen schriftstellerischen Erfolgen beigetragen, wie Fallada selbst sagt: »Sie hat mich erst zu dem gemacht, was ich geworden bin, sie hat einen Verbummelten wieder das Arbeiten gelehrt, einen Hoffnungslosen die Hoffnung«. Doch die Ehe der beiden leidet irgendwann unter Falladas Alkoholsucht – vom Morphium ist er zwischenzeitlich losgekommen – und auch unter seinen Seitensprüngen. Im Juli 1944 wird die Ehe geschieden; die beiden leben aber vorerst noch zusammen in ihrem Haus in Carwitz – dorthin hatten sich Hans und Anna Fallada zurückgezogen, nachdem er im März 1933 von einem Nachbarn bei der SA wegen angeblich staatsfeindlicher Gesinnung denunziert worden war. Im August 1944 kommt es zu einem Streit zwischen den Geschiedenen, und Hans Fallada schießt in stark betrunkenem Zustand mit einem Revolver – vermutlich wollte er seine Ex-Frau treffen, erwischt hat es zum Glück nur den Tisch. Fallada wird wegen versuchten Totschlags angeklagt und kommt ins Gefängnis, wo er den erst nach seinem Tod veröffentlichte Roman *Der Trinker* schreibt. Mit Justizvollzugsanstalten hatte Fallada schon mit Anfang 20 Bekanntschaft gemacht, als er wegen Unterschlagung und Betrugs insgesamt fast drei Jahre in Haft war. Die Straftaten hatte der damals noch unbekannte Schriftsteller, der sich seinen bürgerlichen Lebensunterhalt als Angestellter bei Rechnungsbehörden verdiente, begangen, um sich seinen Alkohol- und Morphinkonsum zu finanzieren.

Während des Naziregimes schafft es Fallada, unauffällig zu bleiben, ja, er hat sogar großen Erfolg als Schriftsteller. Sein Roman *Wolf unter Wölfen* ist sozialkritisch; er zitiert im Titel die Maxime des englischen Philosophen Thomas Hobbes, nach der der Mensch dem Menschen Wolf ist (lat. *homo homini lupus*). Reichspropagandaminister Joseph Goebbels allerdings liest hier eine explizite Kritik an der Weimarer Republik heraus und ist angetan. Das sieht Alfred Rosenberg, Chef des Amts Rosenberg, der Dienststelle für Kulturpolitik und Überwachungspolitik, allerdings anders und lässt das Buch verbieten. In der Folgezeit vermeidet Fallada zumindest offensichtlich zeitkritische Stoffe, um nicht in Konflikt mit dem System zu geraten. Die Taktik funktioniert so gut, dass Fallada 1943 sogar als Reporter ins besetzte Frankreich geschickt wird und dort nicht nur für Reportagen, sondern auch für die ›kulturelle Betreuung der Soldaten‹ zuständig ist. Wie sehr ihn diese scheinbare Anpassung innerlich zerreißt, kann man am Manuskript des Romans *Der Trinker* erkennen. Das gesamte Manuskript ist beinahe in Geheimschrift geschrieben: unleserlich, winzig klein und eng, teilweise auf den Kopf gestellt. Warum Fallada zu diesem Mittel greift, wird aus dem Inhalt deutlich: Die Protagonisten sind psychisch kranke Menschen, Kriminelle, Behinderte – allesamt Figuren, von denen Literatur im Dritten Reich auf keinen Fall sprechen sollte. Doch das Manuskript enthält noch mehr: Zwischen den Zeilen des Romans, noch kleiner, oft rückwärts geschrieben, enthält es ein persönliches Tagebuch, in dem wir lesen können, wie sehr Fallada unter der Verstellung und Anpassung gelitten hat. Er schreibt sich gewissermaßen die Abscheu und den Hass gegen das Regime von der Seele – in Sätzen von denen ihn »jeder einzelne [...] aufs Schafott gebracht« hätte, wie Peter Walther, Verfasser einer Fallada-Biographie, anmerkt.

1945 heiratet Fallada die fast 30 Jahre jüngere Ursula Losch, doch die zweite Ehe bringt ihn wieder zu alten, schlechten Angewohnheiten zurück: Ursula ist ebenfalls alkohol- und auch morphinabhängig, Fallada wird an ihrer Seite nach Jahren der Morphium-Abstinenz rückfällig. Der Konsum der beiden erhöht sich 1946 drastisch. Mittlerweile leben sie in Berlin im Majakowskiring in der Nachbarschaft von Johannes R. Becher, auf dessen Wunsch Fallada für die *Tägliche Rundschau* arbeitet. Bei ihm häufen die beiden immer mehr Schulden wegen der Ausgaben für ihre Sucht an, außerdem bittet Ursula in der Not sogar den Dichterkollegen und Arzt Gottfried Benn um Morphium. Was dann folgt, klingt wie aus einem tragischen Roman, doch es ist das echte Leben: Fallada wird im Januar 1947 von einer Nervenklinik in ein Hilfskrankenhaus verlegt für eine Entziehungskur, der sich auch Ursula anschließen will. Am 5. Februar übergibt die diensthabende Ärztin kurz vor Feierabend die Schlafmittel für die Nacht an Ursula, die sich in der Dosis irrt und ihrem Mann zu viel verabreicht. Fallada stirbt. Die offizielle Todesursache lautet Herzversagen.

Trotz dieses bewegten Lebens – oder vielleicht gerade deswegen – hat Hans Fallada sich die Empathie bewahrt, die wir in seinen Geschichten spüren. Seinen feinen Sinn für das Glück der kleinen Dinge erleben wir in der titelgebenden Geschichte: In *Lüttenweihnachten*, das nicht, wie die meisten anderen seiner Werke, bei Rowohlt, sondern in dem Band *Hoppelpoppel – wo bist du? Kindergeschichten* 1936 bei dem damals noch in Leipzig ansässigen Reclam Verlag erschienen ist, erzählt uns Fallada auf eine bewegende Weise von der Tradition des gemeinsamen Weihnachtsfestes für Menschen und Tiere. Denn »wenn es für die Menschen Weihnachten gibt, so muss es das Fest auch für die Tiere geben. Wenn für uns ein Baum brennt, warum nicht für Pferde und Kühe, die doch das ganze Jahr unsere Gefährten sind?« (S. 7) Dieses Fest, das eigentlich ein verbotenes Fest ist, scheint für die Kinder wichtiger zu sein als die eigentliche Weihnachtsfeier, und der rebellische Fallada ermuntert hier seine kleinen Leser zum Ignorieren des Verbots, weil das Gebot des Herzens wichtiger ist. Einmal mehr finden wir hier den Fallada, der trotz eines Lebens voller Höhen, Tiefen und Abgründe daran glaubt, dass nicht Geld oder äußere Umstände wahres Glück schenken, sondern die Liebe.

Inhalt